KiWi 530

Über das Buch
Dieses Buch erzählt die Geschichte des Architekten Böhring, der den Sommerurlaub mit seiner Frau Ina und der Tochter Julia an der spanischen Mittelmeerküste verbringt. Im Gegensatz zu ihnen gelingt es dem alternden Böhring nicht, sich auf das entspannte Nichtstun am Strand, das Baden, die Ausflüge in die Umgebung, das ganze Flair eines südlichen Sommers einzulassen.
Ohne daß er weiß weshalb, verwandelt sich die Welt um ihn herum in eine untergründige, gesichtslose Drohung.
Böhring weiß nicht, was er sucht, bis er es im plötzlichen Erschrecken erkennt. Die flirrende Hitze, die Sommergewitter, die wilde Natur jenseits der Ferienwelt bereiten den panischen Augenblick der Konfrontation mit dem Außerordentlichen vor. Über dieses meisterlich konstruierte Buch schrieb der SPIEGEL: »Wellershoff hat eine geradezu unheimlich leise Novelle geschrieben. Er erzählt von der Panik, die jedermann von einer Minute zur anderen befallen kann. Das geheime Motiv ist Todesangst. Und die Vergeblichkeit, vor ihr wegzulaufen. Bei allem existentiellen Schwergewicht ist dieses kleine Buch eines großen Menschenkenners angenehm leicht zu lesen.«

Der Autor
Dieter Wellershoff, 1925 in Neuss geboren, schrieb Romane, Erzählungen und Essays, Filmdrehbücher und Hörspiele. Heinrich-Böll-Preis 1988. Lebt in Köln.

Dieter Wellershoffs literarisches, essayistisches und autobiographisches Werk erscheint bei Kiepenheuer & Witsch, auch gesammelt in einer sechsbändigen Werkausgabe, herausgegeben von Keith Bullivant und Manfred Durzak 1996/97.

Dieter Wellershoff

Zikadengeschrei

Novelle

Kiepenheuer & Witsch

1. Auflage 1999

Umschlaggestaltung Philipp Starke, Hamburg
Umschlagmotiv Renato Guttuso »Balkon«, 1942

Gesamtherstellung Clausen & Bosse, Leck
ISBN 3-462-02811-1

Ihr Ferienquartier, ein hauptsächlich von Deutschen und Schweizern bewohnter Bungalowpark südlich von Tarragona, nahe bei der Ortschaft Hospitalet del Infante gelegen, hieß Playa d'Or. So stand es in großen goldenen Buchstaben beiderseits der von Palmen flankierten Einfahrt auf den Pfeilern der weiß gekalkten Umfassungsmauer, die das Grundstück zur Straße hin abschloß. Die beiden Torflügel der Einfahrt waren weit geöffnet, doch im langsamen Heranrollen konnte Böhring nicht erkennen, wie sich die Zufahrtsstraße innerhalb des Grundstücks fortsetzte. Sie schien in der Tiefe zu verschwinden oder plötzlich zu Ende zu sein, wie das letzte Stück einer Sprungschanze, in dessen luftiger Verlängerung als eine unerwartet nahegerückte Verheißung sich ein blauer Streifen Meer zeigte. Hinter der weißen Mauer erblickte er, versteckt zwischen Baumkronen, die flachen hellroten Ziegeldächer einiger tiefer gelegener Häuser, was auf ihn den Eindruck einer abgewandten Welt machte, in der niemand auf sie wartete. Und nur weil Ina sagte: »Das ist es! Das muß es sein!«, stoppte er den Wagen nicht.

Hinter ihnen wachte Julia auf, die seit Tarragona auf dem Rücksitz gedöst hatte, weil die Landschaft sie nicht interessierte. Sie ließ das Seitenfenster herunter, um besser hinaussehen zu können, und während sie den abschüssigen Fahrweg zum Parkplatz der Wohnanlage hinunterrollten, maulte sie: »Ist ja alles menschenleer.«

Während der Reise hatte Julia immer wieder mit solchen mürrischen Bemerkungen gegen den Urlaub zu dritt rebelliert, und Ina hatte sanft und beschwichtigend geant-

wortet. Doch ihre Antworten waren allmählich kürzer geworden.
»Die Leute sind bestimmt alle am Strand«, sagte sie.
»Aber es parken fast keine Autos hier«, warf Julia ein.
Ja, es war ziemlich leer hier. Aber vielleicht machten manche Leute auch Ausflüge in die nähere Umgebung oder waren zum Einkaufen nach Hospitalet gefahren, dachte er und hörte im Aussteigen, daß Ina genau das zu Julia sagte.
»Wir müssen heute auch noch dahin«, fügte sie hinzu.
»Ich will aber erst schwimmen«, sagte Julia.
Was Ina antwortete, noch immer in demselben beruhigenden und abweisenden Ton, konnte er nicht mehr verstehen.
Er fühlte sich unbehaglich. Denn er hatte darauf bestanden, daß Julia nicht allein zu Hause blieb, nicht jedenfalls schon in diesem Jahr, erst im nächsten, wenn sie ihr

Abitur gemacht hatte und vielleicht schon studierte. Es hatte darüber keinen Streit gegeben, nur eine längere Unentschiedenheit und eine leichte Störung des Einklangs zwischen ihm und Ina, die sich vielleicht gewünscht hatte, nach so vielen Jahren wieder einmal mit ihm allein zu verreisen. Warum hatte er das nicht gesehen? Warum hatte er sich nicht lösen können von der jahrelangen Gewohnheit des Urlaubs zu dritt?

Er ging zum Büro des Verwalters hinüber, um ihre Ankunft zu melden und die Schlüssel ihres Bungalows abzuholen. Eine junge Frau empfing ihn, offenbar eine Deutsche.

»Hatten Sie eine gute Reise, Herr Böhring?« fragte sie.

Ja, das konnte er bestätigen. Sie hatten die Reise in drei Etappen gemacht und immer in Orten mit besonderen Sehenswürdigkeiten übernachtet. Jetzt brauchten sie erst einmal einige ruhige Tage.

»Da sind Sie bei uns richtig«, sagte die Empfangsdame. Gegenwärtig sei gerade eine Übergangszeit. Deshalb seien nicht so viele Gäste da. »Habe ich schon gemerkt«, antwortete er. »Aber gut, dann tritt man sich am Meer nicht auf die Füße.«
»So voll wird's bei uns nie«, lächelte sie.
»Sind Sie die ganze Saison hier?« fragte er.
»Das ganze Jahr. Ich bin hier verheiratet.«
»Ach, dann wissen Sie ja hier Bescheid.«
»So ziemlich«, nickte sie. Bevor er weiter fragen konnte, reichte sie ihm, zusammen mit den Schlüsseln, eine Informationsmappe. Darin finde er alles Wichtige: Restaurantadressen, Arztpraxen, die Öffnungszeiten der Geschäfte und des Supermercado, die Tage, an denen Markt in Hospitalet sei, und die nächstgelegenen Ausflugsziele. Böhring hätte gerne ein wenig länger mit dieser Frau geplaudert, wollte aber Ina und Julia nicht warten lassen. Als er zurückkam, standen sie beide neben dem Wagen und blickten

ihm entgegen, ob einträchtig oder nicht, konnte er nicht erkennen. Als sei es eine Beute, die er gerade gemacht hatte, hob er die Schlüssel und winkte damit.

*

Wie im Prospekt beschrieben, lagen die Bungalows und Häuser von Playa d'Or in drei Reihen übereinander an einem erst ziemlich steil abfallenden, dann sanft zum Strand hin auslaufenden Hang, eingebettet in die üppige Vegetation der Mittelmeerländer: gärtnerisch inszenierte Palmen und Zypressen, Strauchkiefern und Lorbeerbüsche, auf terrassenartig angelegten Beeten die steifen graugrünen Lanzenblätter der Agave, Büschel von Ziergras mit weißlich befahnten Rispen und allerlei Steingartengewächse. Vor dem weißen Putz der Hausmauern leuchtete überall das Blaurot der Bougainvillea.

Sie hatten einen Bungalow am oberen Hang gemietet, der zwei Schlafzimmer und einen großen Wohnraum mit dazugehöriger Küchenbar besaß, außerdem ein kleines Bad und eine Abstellkammer. Vor dem Wohnraum befand sich eine überdachte Terrasse mit offenen Rundbögen, die durch Brüstungen aus durchbrochenen Steinen zu einem geschlossenen Raum verbunden waren. Dieser Vorbau stand wie ein Altan sechs Stufen hoch auf einem Sockel aus grob verfugten Bruchsteinen über dem abfallenden Hang. Er war von einem kleinen Vorgarten umgeben, hinter dem der Plattenweg vorbeiführte, auf dem sie ihr Gepäck vom Parkplatz heraufgeschleppt hatten. Die Veranda war der erste Raum, den sie betraten. Im Vorbeigehen sah Böhring die leichten Möbel aus Peddigrohr, auf denen helle Sitzkissen lagen, und dachte, während er den Wohnraum aufschloß: »Hier draußen werden wir oft sitzen.«

Im Haus staute sich stickige, warme Luft, durchsetzt von Ausdünstungen chemischer Reinigungsmittel, so daß sie gleich im Wohnraum ihr Gepäck absetzten und überall die Fenster aufrissen. Böhring schloß auch die Hintertür auf und sah, etwa zehn Meter entfernt, die von Strauchkiefern und Lorbeerbüschen halb verdeckte weiße Außenmauer des Wohnparks. Dahinter mußte irgendwo die kleine Landstraße verlaufen, auf der sie das letzte Stück gekommen waren. Anscheinend wurde sie wenig befahren, denn er hörte nichts. Nachts würden sie hier wahrscheinlich Ruhe haben. Er fand Ina und Julia in der Veranda, wie sie den Hang hinunterblickten, und stellte sich dazu. Die mittlere, doppelstöckige Hausreihe lag ein ganzes Stück tiefer am auslaufenden Hang und verdeckte die Bungalows der ersten Reihe und den Übergang zum Strand, von dem nur kleine Ausschnitte zwischen den Dächern erschienen. Aber das Meer war in voller

Breite zu sehen, bis hin zu den kastenförmigen Apartmenthäusern und der Mole von Hospitalet. Es lag ruhig und glatt unter einem wolkenlosen Himmel. Hier und da glitzerte es. Sein Blau, aus helleren und dunkleren, scheinbar unveränderlichen Streifen zusammengesetzt, sättigte sich gegen den hellen Himmel des Horizonts fast zu einem Schwarz. Eine Weile rührte sich keiner von ihnen. Schließlich sagte Ina, stellvertretend für sie alle: »Ich glaube, hier können wir es aushalten.«

Sie ging in die Küche, um Kaffee zu kochen. Julia verschwand in ihr Zimmer und packte wohl ihren Koffer aus. Böhring stand noch da und betrachtete die Szenerie, in der Erwartung, daß sich etwas in ihm regte. Er kannte diese innere Lähmung, die ihn manchmal an fremden Orten überfiel. Aber er vergaß sie auch immer wieder und war befremdet und ärgerlich, wenn er sie wieder bei sich bemerkte. Nun, es würde auch wieder verschwinden. Er brauchte eben etwas mehr Zeit als seine Frau, um sich in eine neue Umgebung einzuleben. In den nächsten Tagen wollte er das alles fotografieren.

*

Nach dem Kaffeetrinken in der Veranda brachen sie zu einem Erkundungsgang auf. Julia hatte sich umentschieden und wollte nun doch lieber mitkommen, anstatt gleich zu schwimmen. Hintereinander, er am Anfang, Julia in der Mitte, gingen sie erst ein Stück auf dem Plattenweg unterhalb der Bungalows entlang und dann auf den unregelmäßigen Stufen einer Bruchsteintreppe den Hang hinab. Auf den Abstellplätzen zwischen den beiden Hausreihen parkten etliche Autos im Schatten der Bäume, und in einer Einfahrt war ein Boot aufgebockt. Aber außer einem Mann in Shorts, der einen roten Gartenschlauch aus seinem Haus herausgeleitet

hatte und den Vorgarten besprengte, war niemand zu sehen. Ina und Julia, die einen Augenblick zurückgeblieben waren, kamen munter plaudernd das letzte Treppenstück herunter und erzählten, sie hätten einen Gecko beobachtet. Er sei überhaupt nicht scheu gewesen und sogar noch ein Stück auf sie zugekrochen, um sie zu beäugen.
Der Mann mit dem roten Gartenschlauch hatte sie als Deutsche erkannt und sagte: »Guten Tag.« Es schien nebenbei zu bedeuten, daß er sie hier als Neuankömmlinge begrüße. Ohne stehenzubleiben, grüßten sie besonders freundlich zurück. Der Mann war vermutlich einer der Hauseigentümer, denn von den Mietern wurde nicht erwartet, daß sie sich um die Gärten kümmerten. Auch Böhring waren vor Jahren spanische Ferienwohnungen zum Kauf angeboten worden. Aber er war mißtrauisch gewesen, und Ina hatte zu seiner Erleichterung gesagt, sie wolle ihren Urlaub nicht jedes Jahr

am selben Ort verbringen. Doch jetzt, als sie an dem Mann vorbeigekommen waren, hatte er ihn um die gemächliche Ruhe und Selbstverständlichkeit beneidet, mit der er sich beschäftigte, weil er offenbar hier zu Hause war. Er hatte etwas Sinnvolles zu tun und brauchte die Tage nicht mit lauter Urlaubsvergnügungen auszufüllen. Er wußte, was Ina dazu sagen würde, wenn ihm einfiele, mit ihr darüber zu reden. Sie würde die Therapeutin herauskehren und ihm vorhalten, daß er sich nicht entspannen könne. Aber auch sie hatte ihr Vorhaben. Sie wollte die Recherche von Marcel Proust in diesem Urlaub lesen, auf jeden Fall mehrere Bände, um sich eine Vorstellung vom Ganzen zu bilden.
»Mal sehen, wie weit ich komme«, hatte sie gesagt.

*

Um zum Strand zu gelangen, mußten sie auf einem behelfsmäßigen Übergang aus Bohlen und Brettern eine morastige Mulde durchqueren, die zu einem sumpfigen Schilfgürtel gehörte, den sie von der Veranda aus nicht gesehen hatten. Es war ein Stück übriggebliebener, dichter graugrüner Wildnis, die sich unterhalb der Landschwelle, an deren Hang der Wohnpark lag, nach beiden Seiten ausdehnte. Neben dem Steg lagen die frei verlegten Rohre einer Wasserleitung. Wie sich herausstellte, war es die Zuleitung zu zwei Süßwasserduschen, die neben dem Übergang in einer Wasserlache standen und ständig tropften.
»Seltsam, wie primitiv das hier ist«, sagte Ina. »Wo doch der Wohnpark so gepflegt ist.«
»Es hat wohl nicht mehr gereicht«, sagte er. »Aber der Strand ist doch schön breit.«
Es waren auch Leute hier, fast ausschließlich Gruppen oder Paare, die untereinander deutlichen Abstand hielten. Die meisten hat-

ten Liegestühle mitgebracht und Sonnenschirme aufgestellt. Nur einige jüngere Frauen lagen ausgestreckt auf ihren Badetüchern. Im Wasser waren, umgeben von schimmernder Helligkeit, die Köpfe von zwei Schwimmern zu sehen. Weiter weg spielte eine Gruppe von Leuten mit einem aufgeblasenen blauweißen Plastikball, den sie sich gegenseitig zuschlugen, über eine ausgespannte Leine hinweg. Es war ein tapsiges, langsames Spiel, aber vielleicht tilgte auch die Entfernung die Heftigkeit der Bewegungen und ließ sie wie ein gestikulierendes Waten und Taumeln erscheinen, über dem der große Ball plump hin- und herschwebte.

»Laßt uns bitte hier rüber gehen«, sagte Julia.

Aus irgendeinem Grund hatte sie eine Abneigung gegen den Badestrand und wollte lieber in Richtung Hospitalet gehen, wo niemand lagerte oder herumging und anscheinend auch niemand den Strand aufräumte. Zwischen dem Gelände des Wohnparks und den ersten Häusern der Stadt erstreckte sich ein von Buschwerk durchsetztes Brachland. Dort, an der Grundstücksgrenze von Playa d'Or, hatte man mit einer neuen Urbanisation begonnen. Bisher standen nur einige Rohbauten. In den nächsten Jahren würde die Lücke der Bebauung wohl geschlossen werden. Tiefe Treckerspuren liefen durch den Sand. Bauschutt lag herum neben dem Aushub der Baugruben und aufgestapelten Steinen und Gerüstteilen. Der Wind hatte leere aufgerissene Zementsäcke über den Strand geweht. Nicht weit davon kam aus dem Brachland ein Bach herunter, verzweigte sich über den Strand und breitete sich hier und da in versickernden Lachen aus.

»Wenn das bloß keine Abwässer sind«, sagte Julia.

»Das kann ich mir nicht vorstellen«, meinte

Ina. »Da hätte die Verwaltung von Playa d'Or längst Einspruch erhoben.«
Anscheinend hatte sie recht, denn etwas weiter aufwärts sahen sie einen Hund aus dem träge fließenden Wasser trinken. Er streunte mit zwei anderen, offenbar verwilderten Hunden in der Nähe des Bauplatzes herum. Als sie weitergingen, kam das kleine Rudel hinter ihnen her, blieb aber sofort stehen, wenn sie sich umdrehten.
»Die sehen ja total abgemagert aus«, sagte Julia.
»Wer weiß, wo die herkommen«, sagte Ina.
Jemand, der vor kurzem in Spanien gewesen war, hatte ihr erzählt, daß manchmal Touristen ihre Hunde bei der Abreise am Strand zurückließen. Aber das war wahrscheinlich doch nur ein Gerücht.
Julia beugte sich vor und versuchte, die Hunde anzulocken. Die wichen ein Stück zur Seite aus, schauten noch einmal zu ihnen hin und verzogen sich.

»Wie scheu die sind«, sagte Julia. »Die haben schlechte Erfahrungen gemacht. Ich trau' den Leuten ja alles zu. Auch denen hier, in den schicken Bungalows.«
Ina antwortete nicht darauf. Sie schien ein wenig erschöpft zu sein und ruhte sich aus, indem sie auf das Meer blickte.
Sie gingen am Rand des Wassers zurück, wo der Sand fester war. Die Sonne stand inzwischen ein Stück weiter im Westen, und das Meer hatte sich in ein silbriges Leuchten verwandelt. Es nippte mit kleinen, matten Wellen am Land. Um diese Zeit schienen sich die Leute auf den Abend vorzubereiten, denn der Badestrand hatte sich fast geleert. Sie selbst wollten schnell ihre Koffer auspacken und dann nach Hospitalet zum Einkaufen und zum Essen fahren.

*

Als sie aus Hospitalet zurückkamen und ihre Einkäufe ins Haus trugen, war es schon dunkel, und aus dem buschigen Gelände jenseits der Umfassungsmauer, aber auch aus den Bäumen und Sträuchern in der Nähe drang pausenlos das schrille Zirpen der Zikaden. Ina und Julia waren mit ihren Einkaufsbeuteln schon vorgegangen, während Böhring den Karton mit den Rotweinflaschen und den beiden Fünfliterflaschen mit Tafelwasser noch einmal absetzte, um den Wagen abzuschließen und einen Augenblick den durchdringenden Schwirrgeräuschen zu lauschen, die um ihn herum die Dunkelheit erfüllten. Es kam ihm so vor, als öffneten sich seine Ohren und er könne allmählich das An- und Abschwellen weit entfernter Lärmwellen verfolgen, die wie Fieberschauer das abendliche Land durchzogen. Aber ganz in der Nähe, dicht an seinem Ohr, war ein anderes Geräusch: der hohe insistierende Ton von Stechmücken, die seinen Kopf umschwirrten. Er versuchte, sie mit der Hand wegzuwedeln, doch sie waren gleich wieder da, und während er den Karton ins Haus trug, spürte er, wie er am Nacken und im Gesicht mehrfach gestochen wurde.

»Komm schnell rein und mach die Tür zu!« rief Ina aus dem Flur, als er mit der Schulter die Tür aufstieß und sich mit seiner sperrigen Last ins Zimmer drängte. Aus dem Badezimmer hörte er Julia rufen: »Hier sitzen sie überall an den Wänden!«

Böhring stellte den Karton ab und packte die Flaschen aus.

»Die schönen Sommerabende in der Veranda müssen wir uns wohl abschminken«, sagte er.

»Unseren Wein können wir doch auch hier trinken«, antwortete Ina.

»Sicher«, sagte er und trat ans Fenster, an dessen Glas zahllose geblendete kleine Fliegen und Nachtfalter auf und ab flügelten, und als er die Außenbeleuchtung einschaltete, sah er im Lichtschein die tanzenden Mükken. Die Zikaden konnte er nicht mehr hören, weil Ina und Julia alle Fenster geschlossen hatten. An den Zimmerdecken hingen überall die Mücken mit dem Rücken nach unten an ihren dünnen Beinen und warteten darauf, daß das Licht gelöscht wurde. Vor dem Schlafengehen mußten sie die alle totschlagen.

»Soll ich den Wein aufmachen?« fragte Ina.

»Ich mach's gleich«, sagte er.

Plötzlich schwirrte aus dem Dunkel ein großes heuschreckenartiges Insekt heran, prallte vor ihm gegen das Fenster, rutschte ab und verschwand wieder.

»Was war das?« fragte Ina.

»Ach, irgendein Tier, das gegen die Scheibe geflogen ist.«

»Du bist ja richtig zusammengezuckt«, sagte sie.

Julia kam herein und sagte, sie habe die Mücken im Bad mit heißem Duschwasser von den Wänden und von der Decke gespritzt und jetzt wolle sie mit der Fliegenklatsche auf Jagd gehen. Sie hörten sie nebenan in den Schlafzimmern, wie sie vor sich hinfluchte und klatschend gegen die Wände schlug. »Ich sollte ihr eigentlich helfen«, dachte Böhring. Aber er war auf einmal todmüde. Drei Tage Autofahrt lagen hinter ihnen, die als ein Gewirr von undeutlichen Bildern in seinem Kopf nachflackerten, ein Gedränge, das ihm die niedrigen, kleinen Räume zu eng erscheinen ließ, in denen sie, hinter geschlossenen Türen und Fenstern, die Nacht verbringen mußten.

*

Sie fanden in ihren Urlaubsrhythmus, indem sie den Gewohnheiten früherer Seeurlaube folgten, nach denen der Vormittag für den Strand bestimmt war und der Nachmittag zur Disposition stand. Morgens frühstückten sie in der Veranda und gingen dann, bepackt mit ihren Badetaschen, einem Sonnenschirm und drei Liegestühlen, die sie in der Abstellkammer entdeckt hatten, die lange Bruchsteintreppe hinunter, um irgendwo auf dem Badestrand ihr Lager aufzuschlagen. Gegen Mittag, wenn es am Strand zu heiß wurde, schleppten sie alles wieder zum Haus hoch. Böhring, der sich am Strand langweilte, ging meistens schon früher, so daß Ina und Julia außer ihren Badetaschen und Liegestühlen auch den Sonnenschirm tragen mußten. Sie hatten ihm aber versichert, das sei kein Problem für sie. Er müsse nicht extra wieder zum Strand herunterkommen, um sie abzuholen.

Beide waren sie sportlich, und wenn sie nebeneinander standen, sah er, wie ähnlich sie sich im Grunde immer noch waren. Beide waren sie auch ausgezeichnete Schwimmerinnen, und bei ruhigem Wasser wagten sie sich gemeinsam ziemlich weit hinaus. Böhring hatte früher immer mitgehalten. Aber vor zwei Jahren war er beinahe in einem österreichischen See ertrunken, weil er sorglos und unbedacht weiter als sonst hinausgeschwommen war, und, als er wendete, um zum Ufer zurückzuschwimmen, angesichts der Strecke, die vor ihm lag, plötzlich in Panik geraten war. Anstatt ruhig zu atmen, hatte er zu hecheln begonnen und keine Kraft mehr in den Armen gehabt. Er hatte um sich geschlagen und Wasser geschluckt, war aber von einem heranpreschenden Motorboot gerettet worden.

Seitdem traute er sich nur noch so weit hinaus, daß er im Notfall mit zwei, drei Schwimmstößen wieder Boden unter den Füßen hatte, und versuchte sich einzureden, es sei im Grunde gleichgültig, ob man in der Nähe des Ufers oder weiter draußen schwimme. Aber er wußte, daß es nicht stimmte und er etwas verloren hatte. Ina und Julia hatten ihm angeboten, ihn beim

Schwimmen in ihre Mitte zu nehmen, damit er seine Angst überwinden könne, aber er hatte in sich das leise Nachbeben der Panik gespürt und den Vorschlag abgelehnt. So blieb er im Liegestuhl zurück und wartete, bis Ina und Julia von ihrem morgendlichen Schwimmausflug zurückkamen, um dann allein ins Wasser zu gehen und in der Nähe des Ufers sein Pensum zu absolvieren.

Wenn er zurückkam, war Julia meist fortgegangen. Sie hielt Ausschau nach den Hunden. Oder sie ging in die andere Richtung, wo einige Surfer ihren Lagerplatz hatten. Ina traf er immer lesend an. Sie blickte erst von ihrem Buch auf, wenn er schon vor ihr stand.

»War es gut?« fragte sie, und er sagte: »Ja«, ohne daß sich eine Unterhaltung ergab, weil sie sich gleich wieder ihrem Buch zuwandte.

Sie sah streng aus, wenn sie sich konzentrierte, und in ihrer Nähe spürte er, wie unruhig und zerfahren er war. Wenn er verstohlen zu ihr hinüberblickte, hatte sich ihre Haltung nicht verändert. Ihre Beine lagen nebeneinander auf dem Fußteil des Liegestuhls, und ihr Blick war auf das aufgeschlagene Buch gerichtet. Sie hielt das Buch mit beiden Händen und stützte ihre Ellbogen auf die Lehnen. Er verstand nicht, wie sie es fertigbrachte, kaum daß sie hier waren, sich wieder aus der Umgebung zu lösen und in die ganz andere Welt und Zeit eines Romans zu versenken. Aber er fragte sie das nicht, denn er kannte ihre Antwort: »Hier habe ich endlich einmal Zeit dazu.«

Nach einer Weile stand er auf und klappte seinen Liegestuhl zusammen.

»Gehst du?« fragte sie, und er antwortete: »Ja, ich will mich ein bißchen umschauen.«

»Ich will gleich noch einmal schwimmen«, antwortete sie.

*

Sobald er allein war, minderte sich der Druck. Er stieg die Bruchsteintreppe hoch und überlegte, mehrmals stehenbleibend, was er alles fotografieren wolle, am besten am Nachmittag, wenn das grelle Licht wieder etwas weicher wurde. Seinem Partner Fritz Kramer, mit dem er gemeinsam ein Architekturbüro betrieb, wollte er Aufnahmen von den doppelstöckigen Turmhäuschen der mittleren Hausreihe schicken, die wegen ihrer runden Treppentürme und der schmalen Bogenfenster einen sehr spanischen oder eigentlich maurischen Eindruck auf ihn machten. »Das sind doch noch Häuser«, wollte er dazu schreiben, anspielend auf ein Gespräch, in das sie manchmal hineingerieten, wenn sie sich von der täglichen Routinearbeit und den Kompromissen mit den Auftraggebern abgenutzt fühlten. Er jedenfalls neigte dann zu resignativen Kommentaren und dem sich wiederholenden Motiv: Was wir bauen, sind eigentlich gar keine Häuser.

Sie hatten zusammen Architektur studiert, er damals mit der Vorstellung, individuelle private Häuser entwerfen zu wollen, Umgebungen für Menschen, die darin lebten oder vielleicht sogar durch das Haus zu leben lernten. »Das Haus als Lebensentwurf und Wunschform« hatte er es in einem Konzeptpapier genannt, das er zum Abschluß des Studiums verfaßt hatte und das sogar in einer renommierten Architekturzeitschrift erschienen war. Die Zeitschrift gab es nicht mehr, aber das Heft mit seinem Aufsatz besaß er noch.

Beruflich war es anders gelaufen. Zusammen mit Fritz Kramer hatte er einen Wettbewerb für ein öffentliches Gebäude gewonnen, und der Erfolg hatte sie auf eine andere Bahn gebracht. Sie waren gefragte Spezialisten für Bürobauten und Geschäftshäuser geworden, und in den letzten zehn Jahren hatten sie sich besonders durch große spiegelnde Glasfassaden einen Namen gemacht.

Das Architekturbüro Kramer & Böhring hatte Konjunktur. Im Laufe der Jahre waren sie mehrmals in größere und elegantere Räume umgezogen, und in letzter Zeit hatte Fritz Kramer wiederholt gesagt, sie müßten bald einmal daran denken, einen jüngeren Partner in die Firma hereinzunehmen, nicht nur wegen des angeschwollenen Auftragsvolumens, sondern auch, weil sie neue Impulse, neue Ideen brauchten.

Böhring hatte sich in dieser Frage bisher bedeckt gehalten, aber nach dem Urlaub mußte er Stellung beziehen. Es war abzusehen, er wußte es längst, daß er sich dem Vorschlag nicht versagen konnte. Ein neuer, jüngerer Partner, neue Impulse, neue Ideen. Er glaubte darin etwas zu hören, was sich gegen ihn richtete. In ihrer jahrzehntelangen Zusammenarbeit waren architektonische Ideen und Impulse eher sein Ressort gewesen, während Fritz Kramer, nicht ausschließlich, aber ein wenig

mehr als er, das Firmenmanagement übernommen hatte.
Nein, er konnte Kramer nicht Fotos der Turmhäuschen mit einem so ungebrochen zustimmenden Satz ins Büro schicken, ohne eine ironische Antwort zu provozieren, eine dieser freundlich herablassenden Bemerkungen, die seinem Partner so leicht über die Lippen kamen. »Mein Lieber, du bist ja goldig. Das sind doch keine Häuser. Das ist spanisches Disneyland.« Etwas in dieser Art würde Fritz Kramer sagen, und er hätte damit auch recht, das sah er jetzt selbst. Er war erschrokken über sich. Immer wieder passierte ihm das. Sein Urteil schwankte, er täuschte sich, ohne das nachträglich noch verstehen zu können. Wenn er den ironischen Blick seines Partners auf sich ruhen fühlte, verschwand das, was er gesehen und empfunden hatte. Eine unsichtbare Hand schien eine Schraube anzuziehen, und alles stand wieder fest in seinen gewöhnlichen Bedeutungen. Hing

das vielleicht damit zusammen, daß er nicht mehr so viele überzeugende Ideen hatte wie früher? Und wenn ja, lag das an ihm oder an der Auftragslage, der Routine, die der geschäftliche Erfolg ihm aufzwang? Nun deutete sich an, daß ihm daraus ein Vorwurf erwuchs.

Sah er das falsch? War alles nur ein Hirngespinst seiner Unsicherheit? Seit jenen Minuten der Todesangst vor zwei Jahren, als er unter sich die Tiefe des Sees gespürt hatte und plötzlich nicht mehr schwimmen konnte, war etwas anders geworden. Ein feiner Riß lief durch seine Fundamente, den er vor den anderen verbergen mußte. Aber manchmal dachte er, daß alle anderen es längst wußten und nur er sich darüber hinwegtäuschte.

*

Er schloß die Tür des Wohnraums auf und ging nach hinten durch, um draußen seine nassen Badesachen über die Leine zu hängen. Dann kam er wieder nach vorne und setzte Wasser für einen Kaffee auf. Während er auf das Sieden des Wassers wartete, fiel sein Blick auf zwei kleine bräunliche Blutflecken an der Wand, in denen Reste von Mückenbeinen und Flügeln klebten, Spuren der Mückenjagd von gestern abend. In ihren Schlafzimmern sah es viel schlimmer aus. Hoffentlich bekam man das wieder weg. Es war trotzdem eine schlechte Nacht gewesen. Ina hatte sich das Laken über den Kopf gezogen. Er hatte das auch versucht, war aber mehrmals aufgewacht, weil das Laken verrutscht war und er wieder gestochen wurde. Die Mücken kamen aus dem sumpfigen Schilfgürtel unten beim Strand, und wenn sie abends durch die Verandatür oder einen Fensterspalt ins Haus schwebten, hörte man sie nicht. Einmal hatte er gesehen, wie sie lautlos wie Flugsamen aus der Dunkelheit im Lichtschein auftauchten. Es war unmöglich, das Haus ganz gegen sie abzudichten, weil die Mückendrahtfenster beschädigt waren, aber auch zu wenig Luft ins Haus ließen, und vielleicht kamen auch tagsüber aus dem nahegelegenen Buschwerk Mücken ins Haus und versteckten sich hinter den Schränken, in den Lampenschirmen und im Dunkel unter den Betten. Man konnte sie nie alle erwischen, wenn man Jagd auf sie machte. Im Supermercado wurde eine chemische Substanz angeboten, die sich in einem kleinen elektrischen Heizkasten in ein Gas verwandelte, das angeblich die Mücken vertrieb. Aber die Frau im Verwaltungsbüro hatte davor gewarnt – das Zeug mache Kopfschmerzen und könne Übelkeit hervorrufen –, und so hatten sie davon abgesehen.

Er ging mit seinem Kaffee in die Veranda, wo das blaue Buch über Spanien auf dem Tisch lag, in dem er ab und zu las. Beim Kloster Poblet und bei Tortosa und der Ebromündung hatte er Zettel eingelegt. Das waren bequem erreichbare Ausflugsziele für die nächsten Tage, wenn es hier allmählich zu öde wurde und sie eine Abwechslung brauchten. Wenn sie erst einmal eine Woche hier waren, würde auch Ina dafür zu haben sein und ihm nicht mehr vorwerfen, daß er sich nicht entspannen könne.

Er entspannte sich nicht, wenn nichts geschah. Aber wenn er am Lenkrad saß und um ihn herum die Welt vorbeizog, schneller oder langsamer, wie er es wollte, fühlte er sich gleich besser. Das durfte er allerdings nicht sagen, wenn er nicht wollte, daß Ina zur Therapeutin wurde, die ihm seine falschen Einstellungen vor Augen führte, doch für den berühmten Kreuzgang des Klosters Poblet und die Reste der alten Wehranlagen oberhalb des Kathedralenviertels von Tortosa würde sie zu gewinnen sein. Von einem dieser Ausflugsorte konnte er eine Ansichtskarte an Fritz Kramer schicken und Ina mit unterschreiben lassen. Auch Julia unterschrieb manchmal. So hatten sie es immer gehalten. Im Gegensatz zu Fritz Kramer, der es nach zwei gescheiterten Ehen vorzog, allein zu leben, hatte er Ina an seiner Seite oder, wie Fritz Kramer es einmal ausgedrückt hatte, seine »beiden prächtigen Frauen«. Nach dem Ende seiner zweiten Ehe hatten sie ihn öfter zu Gast gehabt, und Böhring hatte sehen können, welche Achtung Ina in den Augen seines Partners genoß. Sie hatte eine florierende therapeutische Praxis, und sie war eine gute Gastgeberin, mit der man sich unterhalten konnte. Auf Fritz Kramers Frage, wie sie das beides schaffe, hatte sie geantwortet: »Nicht, weil ich mich furchtbar quäle, sondern weil es mir Freude macht.« Darin war Julia ganz ihre Tochter. Seit Jahren war sie Klassenbeste, ohne daß sie sich dafür besonders anstrengte. Sie wollte Medizin studieren und würde bestimmt eine gute Ärztin werden.

Er schaute aus einem der Bogenfenster, um

zu sehen, ob die beiden schon mit ihrem Gepäck vom Strand zurückkamen. Er wollte ihnen dann entgegengehen und ihnen einen Teil ihrer Last abnehmen. Aber sie waren noch nicht zu sehen. In der Veranda des Nachbarbungalows, der in der Richtung zur Straße und zum Parkplatz lag, hörte er die junge Frau, die vorgestern dort eingezogen war, mit ihrem vierjährigen Jungen reden. Kurz danach kam sie in den Vorgarten, hob einen kleinen roten Gegenstand auf, vermutlich ein Spielzeug, das das Kind verloren hatte. Es war eine hübsche blonde Frau, nicht viel über Dreißig, die hier allein mit ihrem Kind Urlaub machte. Sie trug hellrote Shorts und darüber ein blaues Polohemd, das wohl eher aus einer männlichen Garderobe stammte und ihr ein wenig zu weit war. Plötzlich sah sie zu ihm herüber und lächelte. »Guten Tag«, sagte er und wollte etwas über das schöne Wetter hinzufügen, aber der Himmel war nicht mehr so zartblau wie in den letzten Tagen, sondern hatte sich ins Milchig-Trübe verwandelt, und der Horizont schien nähergerückt. Anscheinend änderte sich das Wetter. Unten auf der Bruchsteintreppe tauchten Ina und Julia mit ihrem Strandgepäck auf.

*

Nach dem Mittagessen, einer schnell hergestellten Suppe mit Brot und Käse und einer großen Schüssel Salat, zogen sie sich zu einer Siesta hinter die heruntergelassenen Jalousien ihrer Schlafzimmer zurück. Bisher hatte er in dem Dämmerlicht immer nur vor sich hin gedöst, aber diesmal merkte er, wie ihm die Lider schwer wurden und sein ausgestreckter Körper zu einer undeutlichen dunklen Masse verschmolz. Plötzlich, nach einem unwillkürlichen seufzenden Atemzug, war ihm schlecht. Ein Druck wölbte sich vom Magen in die Kehle hoch, und er glaubte, sich erbrechen zu müssen. Angst, sich zu bewegen, und ein Gefühl von Peinlichkeit hielten ihn auf dem Bett fest, und während er tiefer zu atmen versuchte, löste sich der Druck in der Kehle, aber er fühlte sich von der Übelkeit eingehüllt wie von einer dunklen gelben Wolke, aus der er nicht herauskonnte. Er wartete und konnte an seinem Hals spüren, wie sein Herz mühsam schlug, als bahne es sich einen Weg, schleppe eine Last aus der gelben Dunkelheit heraus. Das Herz war nicht er selbst. Es war ein fremdes Wesen, das sein Leben durch die Dunkelheit trug und eines Tages nicht mehr tragen konnte. Das Herz ging wie eine zu Boden gekrümmte alte Frau mit einem riesigen Bündel trockenen Holzes auf dem Rücken, und er sah zu, wie sie stolperte und stehenblieb und wieder weiterstapfte. Entfernte sie sich? Auch Ina auf dem Nebenbett war jetzt so weit entfernt, daß er sie nicht einmal hätte rufen können, wenn seine Kehle weniger zugeschnürt gewesen wäre. Er lag in einem fensterlosen Raum, dessen rotbraune Tapete in Fetzen von den Wänden herabhing, aber das Licht schwand, und er konnte bald nichts mehr sehen. Draußen, was immer das sein mochte, hörte er leise, unverständliche Stimmen. Es war ein ganzer summender Schwarm.

Als er wach wurde, fand er sich allein in der Augenscheinlichkeit eines dämmrigen Zimmers mit heruntergelassenen Jalousien, das er nicht sofort erkannte. Im Aufwachen hatte er geträumt, daß er mit einem großen schwarzen Hund auf dem Rücksitz eines Autos eingesperrt sei, und jemand hatte draußen mit den Fingerknöcheln gegen die Scheibe geklopft und ihm durch Handzeichen bedeutet, daß er in Gefahr sei. Er hatte sich nicht rühren können und fühlte die Lähmung noch, während das Traumbild zerrann.

»Wie lange habe ich geschlafen?« fragte er, als er, noch halb betäubt, zu Ina in die Veranda trat.

»Über eine Stunde«, sagte sie. »Willst du auch einen Kaffee?«
Er nickte, während er sich setzte, in dem Bedürfnis, noch einen Augenblick zu warten, bevor er wieder sprach.
»Ich habe wirres Zeug geträumt«, sagte er, »und beim Einschlafen war mir richtig schlecht.«
»Das kommt vom Wetterumschlag«, sagte sie. »Das geht auf den Kreislauf.«
Als müsse er prüfen, ob sie recht habe, drehte er sich schwerfällig in seinem Sessel um und sah, daß der Himmel sich grau bezogen hatte. Im Süden über dem Meer ballten sich dunklere Wolken zusammen.
»Wo ist Julia?« fragte er.
»Sie ist zum Strand gegangen, um die streunenden Hunde zu füttern.«
»Das sollte sie besser bleiben lassen. Das wird hier bestimmt nicht gerne gesehen.«
»Dann sag du es ihr«, sagte Ina. »Ich finde, daß es in Ordnung ist.«

»Ich ja auch«, sagte er.
Sie saßen eine Weile stumm da und tranken ihren Kaffee. Unten am Meer war Wind aufgekommen, und die bunten Dreieckssegel der Surfer glitten in schneller Fahrt, stoßend und hüpfend, über die unruhige Wasserfläche. Hier in der Veranda war es noch windstill, weil die Bungalows paarweise gegeneinander versetzt waren und sie bei Südostwind in einem geschützten Winkel saßen.
»Ich schätze, wir können heute abend nicht nach Miami Playa zum Essen fahren. Oder wir müssen halt drinnen sitzen«, sagte Ina. »Ich weiß nicht, ob das so ein großes Vergnügen ist.«
»Können wir denn nicht hier essen?« fragte er.
»Doch sicher. Ich muß nur noch mal nach Hospitalet zum Einkaufen. Kommst du mit?«
»Ja«, sagte er.

»Aber wir müssen Julia am Strand abholen. Sie wollte auch mitfahren.«
Also hatten die beiden sich schon besprochen, während er noch schlief. Sie hatten darauf gewartet, daß er bald aufstehen würde, und Julia war ungeduldig geworden und zum Strand gegangen. Ina war hier geblieben. Vielleicht in dem Gefühl, daß sie ihn nicht allein lassen durfte. Oder einfach nur, weil sie es genoß, allein in der Veranda zu sitzen. Er wußte es nicht. Er war weit weg gewesen, unheimlich weit weg, auch von sich selbst.

*

Er begleitete Ina zum Strand, wo Julia, umgeben von den drei Hunden, den Surfern zuschaute. Ein kurzbeiniger, braun-weiß gefleckter Hund näherte sich ihr matt wedelnd, und sie beugte sich zu ihm herab, sagte etwas zu ihm und streichelte ihm über den Kopf.

Dabei sah sie zufällig zu ihnen herüber und kam freudig auf sie zu.

»Fahren wir?«

»Ja«, sagte Ina.

»Ach, ich glaube, ich mache lieber einen Spaziergang«, sagte er.

»Wie du willst«, antwortete Ina und wandte sich zum Gehen.

Er wollte schnell sagen, er brauche noch etwas Bewegung und sie seien ja sicher bald zurück. Aber das hätte er ihr schon nachrufen müssen. Nur Julia blickte noch einmal zurück.

Die Wolkenfront, die im Süden und Südwesten über dem Meer stand, sah aus wie zerzauste graue Wolle, und außer den Surfern in ihren schwarzen Gummianzügen packten die Badegäste ihre Sachen zusammen. Auch die blonde Frau kam mit ihrem kleinen Jungen an der Hand vorbei, in der anderen Hand trug sie eine vollgepackte Badetasche. Sie sah ihn nicht und war zu

weit entfernt, als daß er sie hätte ansprechen oder grüßen können.
Bisher war er immer in Richtung Hospitalet gegangen, diesmal wanderte er in die Gegenrichtung. Und er war schon etwa zwei Kilometer über das Gelände des Wohnparks hinaus gegangen, ehe er einen unauffälligen Durchgang durch den Sumpfgürtel entdeckte, der nur aus einigen Lagen vorjährigen Schilfs bestand. Er setzte sich auf der anderen Seite als ein schmaler Pfad fort, der schräg den Hang hochführte. Von oben hatte man einen weiten Blick über das Meer und landeinwärts über eine Ebene mit Olivenbäumen hinweg, die in einem glasigen Licht lag, das alle Formen scharf hervorhob. Dahinter stand wie ein graublauer Riegel die Bergkette der Sierra de Balaguer. Weiter im Norden zogen langgestreckte, zerfaserte Streifenwolken über den Himmel. Das war die Bahn der Fallwinde aus den Pyrenäen zum Meer hin, wo sich die dunkle Wetter-

front weiter aufgebaut und verbreitert hatte, aber noch nicht viel näher an die Küste herangekommen war. Es sah aus wie der langsame Aufmarsch zweier Wolkenheere, die sich allmählich aufeinander zu bewegten, zwischen sich ein Geplänkel unbeständig hin- und herspringender Drehwinde, die dünneres graues Gewölk vor sich hertrieben und immer wieder auseinanderrissen, so daß Meer und Strand von dunklen Wolkenschatten und grell davon abgegrenzten Lichtflecken gemustert wurden.

Er war jetzt wieder auf der Landstraße, die hinter dem Wohnpark vorbeiführte, und schlug die Richtung nach Hospitalet ein. Hundert Meter landeinwärts sah er auf dem Bahndamm den blauen Zug aus Barcelona kommen, der nach Süden bis Valencia oder noch weiter fuhr. Es war ein eleganter Zug mit einem doppelten orangefarbenen Rallyestreifen, der unter der Fensterreihe entlanglief und die Waggons im vorderen Drittel wie eine Banderole umschloß. Der Zug tauchte dunkelblau aus dem Wolkenschatten auf und fuhr mit aufblitzenden Fenstern und leuchtend blau verwandelt in das scharfe Sonnenlicht der Ebene hinein. Böhring schaute ihm nach, bis der Zug in der Ferne, scheinbar immer langsamer werdend, zu einem dunklen Faden schrumpfte und in der reglosen Weite der Landschaft verschwand. Als er sich anschickte weiterzugehen, hatte er das Gefühl, allein gelassen zu sein. Aber das war nicht der Zug gewesen, sondern Ina, die sich schroff von ihm abgewandt hatte, als sie mit Julia gegangen war.

*

Sie waren noch nicht da, als er von seinem Spaziergang zurückkehrte. Er war allerdings auch kaum länger als eine Stunde unterwegs gewesen, wie er auf seiner Uhr sah. Ihm war es viel länger erschienen oder eher unbestimmt lang, und anscheinend hatte er gehofft, sie beide im Haus vorzufinden, obwohl er nicht ausdrücklich darüber nachgedacht hatte. Er merkte es nur daran, daß ihm das Haus verlassen vorkam. Die Leere und Stille der Räume, in die er hineinschaute, schienen ihn abzuweisen, und so ging er wieder in die Veranda zurück.

Der Himmel über dem Meer war dunkler geworden. Doch über den oberen Hang fiel ein schmaler Streifen einer wässrigen Helligkeit, so daß die Bungalows der oberen Reihe vom Strand aus gesehen jetzt wahrscheinlich wie grell beleuchtete Bühnenbauten erschienen. Er stand einen Augenblick an der Brüstung unter einem der Rundbogen, und als er sich abwandte, um ins Haus zurückzugehen, sah er dicht vor sich ein großes grünliches Insekt, das sich mit seinen vier dünnen Hinterbeinen an eine herunterhängende Pflanzenranke klammerte. Es war eine Gottesanbeterin. Er erkannte es an den beiden eingewinkelten borstigen Fangarmen, die es dicht an den ziemlich großen Kopf herangezogen hatte, bereit, plötzlich vorzuschnellen und ein Beutetier zu greifen. Das heuschrekkenartige Tier saß wie erstarrt da, den Oberkörper ein wenig aufgerichtet. Die perligen schwarzen Augen hatten Rundumsicht, waren aber auf die raschen Bewegungen kleiner Insekten eingestellt. Nur die haarfeinen Fühler vibrierten, und die länglichen, von Luftadern durchzogenen Flügel waren nicht mehr fest angelegt. Aus dem Freßschlitz des flachen Kopfes schauten die hornbraunen Sicheln der Beißzange hervor.

Behutsam, damit das Tier seine Bewegung nicht spürte, zog sich Böhring zurück, um seine Kamera zu holen. Er setzte die Nahlinse auf das Objektiv und montierte das Blitzgerät. Doch als er in die Veranda zurückkam, war die Ranke leer. Die Gottesanbeterin mußte das Insekt gewesen sein, das am ersten Abend genau vor seinem Gesicht gegen das Türfenster geflogen war. Wahrscheinlich lebte sie hier beim Haus, in einer Mauerritze oder unter einem Dachziegel oder im Vorgarten in einem Erdloch unter einem Stein. Er ging nach draußen, um sie zu suchen, konnte sie aber nirgends entdecken. Es war auch dunkler geworden. Das Wolkenloch hatte sich geschlossen, und die ganze Umgebung war in ein aschiges Grau getaucht. Wind war aufgekommen, und unten am Strand liefen schaumige Wellen auf. Er ging ins Haus zurück und verstaute die Kamera in seinem Koffer, ging dann in die Küchenbar, machte sich ein Honigbrot und schaltete das Transistorradio ein. Eine Männer- und eine Frauenstimme unterhielten sich auf spanisch, dann folgte eine fade Musikeinlage, die ihm bekannt und fremd zugleich erschien. Er drehte weiter und holte den Klang eines großen Orchesters heran, der von atmosphärischen Störungen überlagert war. Sie wurden stärker, als er weiterdrehte, steigerten sich zu einem Krachen. Dann durchbrach er die Geräuschwand und hörte mehrere übereinanderredende Stimmen und zwitschernde Geräusche, bis wieder der Orchesterklang auftauchte, diesmal etwas klarer und voller, irgend etwas aus der Nachromantik, das, füllig und glatt dargeboten, von einem Tonband aus irgendeinem Rundfunkstudio kam. Er hörte eine Weile zu, gegen seinen wachsenden Wunsch auszuschalten und die Unruhe, die er in sich spürte. Schließlich drückte er abrupt auf den Knopf.

»Wo bleiben sie eigentlich?« dachte er. Sie wollten doch nur zum Einkaufen fahren.

Er trat in die Veranda, ohne sich zugeben zu wollen, daß er nach ihnen Ausschau hielt, ging aber dann doch, weil er vom Haus aus nicht weit sehen konnte, den Plattenweg zum Parkplatz hinunter. Natürlich waren sie nicht da. Es wäre ja auch ein großer Zufall gewesen, wenn er ihre Ankunft genau abgepaßt hätte, um ihnen beim Ausladen der Einkäufe zu helfen. Der rote Opel aus Mannheim gehörte der jungen blonden Frau. Den dunkelblauen Volvo aus Basel hatte er noch nicht hier gesehen. Neue Gäste vielleicht. Er ging die Straße bis zur Einfahrt hoch und schaute in die verdüsterte Landschaft, aus der die letzten Lichtflecken verschwunden waren. Böiger naßkalter Wind kam vom Meer und blies ihm in den Rücken. Die Zikaden würden sie heute nacht nicht hören, und auch die Mücken würden sie verschonen. Auf der Landstraße näherte sich ein Auto mit eingeschalteten Scheinwerfern, das aus Hospitalet kam und vorbeifuhr. Ina will mich bestrafen, dachte er. Sie hat erwartet, daß ich sie begleite, und nun läßt sie sich Zeit mit der Rückkehr. Es war eine stumme Belehrung, wie er sie manchmal von ihr bekam. Wie er sie kannte, würde sie nicht mehr darauf zurückkommen und unterstellen, daß er sie verstanden hatte. Vielleicht hatte sie es auch schon vergessen. Aber er fühlte sich danach immer eine Zeitlang unsicher, weil er nicht erkennen konnte, ob die Spannung zwischen ihnen beseitigt war. Wenn er darüber nachdachte, kam er immer zu dem Ergebnis, daß sie fast alles anders wahrnahm als er. Er fror, war nicht warm genug angezogen für diesen durchdringenden nassen Wind. Und er wollte auch nicht hier von Ina und Julia gesehen werden, wie er nach ihnen Ausschau hielt.

*

Es war längst dunkel, als sie zurückkehrten, und wegen des Sturms, der inzwischen mit böigen Regengüssen die Veranda überschwemmte und wuchtig gegen die Tür des Wohnraums drückte, hatte er sie nicht kommen hören. Er saß im hinteren Teil des Wohnraums hinter den aufeinandergestapelten Gartenmöbeln, die er vor dem Wetter aus der Veranda gerettet hatte, und las, nicht besonders aufmerksam, nur, um sich abzulenken, in dem blauen Spanienbuch, als sie an die Tür klopften, damit er sie hereinließ. Sie hatten beide dunkelblaue gummierte Umhänge mit eng zusammengezogenen Kapuzen an, die wenig von ihren Gesichtern freiließen, und blickten durch die verregnete Scheibe zu ihm herein, so daß er sie einen Augenblick lang verständnislos anstarrte, bevor er aufsprang und ihnen öffnete. Sie kamen schnell mit ihren vollen Einkaufsbeuteln herein und knöpften ihre vor Nässe glänzenden Umhänge auf. Die hatten sie, erzählte Ina, in Pino Alto gekauft, als sie von der Regenfront überrascht worden seien. Sie seien Schutz suchend in den kleinen Laden hineingelaufen und mit den Capes wieder herausgekommen. Ja, sie waren in Pino Alto und in Cambrils gewesen, weil sie nach dem Einkaufen beide Lust gehabt hatten, noch ein Stück die Küstenstraße entlangzufahren. Die Promenaden seien natürlich leer gewesen, aber das aufgewühlte Meer habe phantastisch ausgesehen.

Ina war dabei, die Einkäufe auszupacken und einzuräumen, als sie sagte: »Ich habe gesehen, nebenan brennt Licht. Da sind wohl Leute eingezogen.«

Ja, das hatte er auch gesehen, als er die Möbel von der Veranda hereinholte. Es waren wahrscheinlich die Leute aus Basel, denen der dunkelblaue Volvo gehörte, der auf dem Parkplatz stand.

»Die haben ja wirklich einen tollen Empfang«, sagte Ina.

Julia, die gleich ins Badezimmer durchgegangen war, kam herein, die dicken braunen Haare gebürstet und von einem weißen Stirnband zusammengehalten.

»Was sollen wir essen?« fragte sie.

Die beiden sind hereingeplatzt wie eine Explosion, dachte er, aber sie haben nicht nach mir gefragt. Er hätte ja auch nicht viel zu erzählen gehabt.

*

In der Nacht wurde er wach, weil unten am Strand eine Sirene wimmerte und der Sturm, der zum Orkan angewachsen war, die Luft wie mit Paukenschlägen durch die Veranda und durch die Lücken zwischen den Häusern trieb. Bei jedem dieser Windstöße schepperte der Rolladen vor der Tür des Wohnraums, und die Sirene, die kurz ausgesetzt hatte, fing wieder an mit ihrem hohen, alarmierenden Geheul.

»Was ist das?« fragte Ina, die hinter ihm im Bademantel ins Zimmer getreten war.

»Ich glaube, das ist eine Einbruchssicherung bei den Neubauten. Die wird von den Windstößen ausgelöst.«

Julia war auch aufgestanden und kam schlafbleich auf nackten Füßen ins Zimmer.

Sie hatte die Arme vor der Brust zusammengeschlagen und schien zu frieren.
»Das ist ja furchtbar«, sagte sie.
»Hoffentlich fliegt uns nicht das Dach weg«, bemerkte Ina.
»Durchaus möglich«, sagte er.
Das durchdringende Wimmern der Sirene hielt mehrere Minuten an, bevor es abbrach und fast sofort wieder einsetzte. »Hoffentlich stellt das bald jemand ab«, sagte Julia.
»Da ist niemand«, belehrte er sie. »Das Büro ist geschlossen, und morgen ist Sonntag.«
»Heute«, verbesserte Ina.
Es war zwei Uhr nachts, wie er sah. Sie konnten nichts anderes tun, als sich notdürftig anziehen und wieder hinlegen, um einigermaßen über die Nacht zu kommen. Der Sturm heulte an- und abschwellend um das Haus, und unten am Hang antwortete die Sirene mit ihrem Alarmgeschrei. Böhring lag angezogen auf dem Bett und lauschte in das dunkle Tosen. Er stellte sich das nächtliche

Meer vor, auf dem hohe Wellenberge gegen das Land liefen und schäumend die Strände überspülten, und die Schaumflocken, die der Sturm von den Wellenkämmen abriß und zusammen mit den Regenböen ins Land hineinwehte. Er sah das dunkle Wogen des Schilfgürtels, über das der Wind wie ein Gebläse hinwegfuhr, und als ein einzelnes Bild, deutlich von allem abgehoben, die Gottesanbeterin in ihrem verborgenen Schlupfwinkel, wo sie mit angelegten Flügeln in starrer Reglosigkeit den Aufruhr zu überleben versuchte.

*

Am Vormittag flaute der Sturm ab, und der Regen hörte ganz auf. Hier und da öffnete sich über dem Meer ein blaues Wolkenloch. Am späten Nachmittag war fast alles Gewölk vertrieben, und der Himmel klarte zu einem weichen Abendlicht auf, das sich allmählich in das pfirsichrote Leuchten des Sonnenuntergangs verwandelte, das ruhig gewordene Meer weitflächig färbte und die Unterseite der wenigen weißen Wolken, die wie vertäut in der blauen Windstille schwebten, mit einem zarten rosigen Schimmer überzog. Böhring war in den Vorgarten hinausgetreten, um das Lichtschauspiel zu fotografieren. Schräg hinter sich, in der Veranda des Nachbarbungalows, hörte er die Stimme eines Mannes, der mit einem leichten schweizerischen Tonfall sprach, und eine Stimme, die dumpfer klang und nur kurze Antworten offenbar aus dem Inneren des Hauses gab. Er war nicht sicher, ob es Worte oder nur Laute waren. Als er sich umdrehte und ins Haus zurückging, sah er gerade noch, wie der Nachbar in eins der vorderen Bogenfenster seiner Veranda trat und zum Meer hinüberblickte, ohne ihn zu bemerken. Er hätte ihn anreden können, aber dazu ergab sich wohl bald eine bessere Gelegenheit. Wenig später hörte er, wie draußen Ina mit dem Nachbarn sprach. Er verstand nicht genau, was sie sagte, es schien sich auf die vergangene Sturmnacht und den Zustand des Strandes zu beziehen, den sie zusammen mit Julia inspiziert hatte. Dann hörte er ihr kurzes höfliches Lachen, mit dem sie die Scherze oder witzigen Bemerkungen ihres Gesprächspartners quittierte, hörte auch Julias helle Stimme und wußte, sie würden gleich angeregt hereinkommen und etwas zu erzählen haben. Wahrscheinlich war der Strand noch naß und mit großen Lachen und Pfützen übersät. In diesem Fall wollten sie morgen einen Ausflug machen. Ihm schwebten das Ebrotal und Tortosa vor.

*

Das Ebrotal erwies sich als eine Enttäuschung: Flaches Schilfland und morastige

Tümpel wechselten ab mit langweiligen Reiskulturen und kleinen Olivenpflanzungen an den höher gelegenen Uferstränden. Aber als sie flußaufwärts Tortosa erreichten, waren sie überrascht von der Bergkulisse des Monte Caro, der die Stadt um fast anderthalbtausend Meter überragte. Die Stadt, so hatte er gelesen, war im Bürgerkrieg schwer zerstört worden, aber die historischen Bauten der Altstadt waren schön restauriert. Sie besichtigten den doppelten Chorumgang der Kathedrale, den Kreuzgang und den Klosterhof und gingen anschließend durch enge Altstadtgassen, in denen auch andere Touristen mit ihren Stadtführern und Kameras unterwegs waren, zu dem Kolleggebäude, das Karl V. für die Erziehung getaufter Araber hatte errichten lassen. Die zahlreichen Skulpturen aus dunklem, verwittertem Stein stellten Fürsten des Hauses Aragon und ihre Ehefrauen dar, eine Galerie längst versunkener Macht, über die er kaum etwas wußte.

Er hob die Kamera und machte einige Aufnahmen, bis Ina, wie meistens bei solchen Gelegenheiten, sagte: »Das wird doch bestimmt nichts. Kauf dir lieber eine Ansichtskarte.«
Ja, natürlich, er hatte ja vorgehabt, eine Karte aus Tortosa an Fritz Kramer zu schikken. »Gut, daß du mich erinnerst«, sagte er.
Sie besichtigten auch den berühmten Patio des Kollegs mit seinem dreistöckigen Arkadenumgang, in dessen Schatten die ehemaligen Schlafsäle der Schüler, das Refektorium, die Bibliothek, die Unterrichtsräume und die Zellen der unterrichtenden Mönche lagen. Er versuchte, sich das Leben in diesen Räumen vor Augen zu führen und es Julia zu erklären, die ihm höflich zuhörte und zu den Säulenreihen der oberen Stockwerke hochblickte, und auf einmal hörte er seine dozierende Stimme, als sei es nicht seine eigene, wie sie mehrmals sagte: »Stell dir vor«, »du mußt dir vorstellen«, und obwohl er noch

einige Sätze und Zusammenhänge aus den gelesenen Büchern wiederholte, wußte er kaum noch, wovon er sprach. Eine große, laute Reisegesellschaft, die sich in den Innenhof ergoß, befreite ihn aus der Situation. Doch als sie anschließend zum Ebroufer hinuntergingen und über den Markt bummelten, fühlte er sich immer noch benommen und von sich selbst abgebracht. Was sollte er hier in diesem Lärm und dem Gedränge zwischen den Verkaufsständen, die Obst, Trauben, Gemüse, Nüsse, Olivenöl, Eier, Wein und lebendiges Geflügel in großen Körben anboten? Was hatte er überhaupt von diesem Ausflug erwartet? Warum glitt alles an ihm vorbei? Warum fühlte er sich so ausgehöhlt?

Er dachte das alles ungenau, nicht glaubend, daß es darauf eine Antwort gab, in einer Wut, von der er nicht sagen konnte, wogegen sie gerichtet war, weil sie gleich wieder auf ihn zurückschlug, ihn betäubte und niederdrückte, so daß er, langsam weitergehend, nicht merkte, wie Ina und Julia an einem der Verkaufsstände stehenblieben, und als er sich nach ihnen umschaute, hatte er sie verloren. Statt dessen starrte er in das großflächige, von einem schwarz-roten Kopftuch umrahmte Gesicht einer fremden Frau, die ihn durch die sehr dunklen Gläser einer Sonnenbrille anzusehen schien, so bannend und fest, daß er erst im zweiten Augenblick erfaßte, was dieses Gesicht wie eine Maske jäher Wut erscheinen ließ: Der linke Mundwinkel war hochgezerrt und entblößte einige speichelnasse Zähne. Wie versteinert durch eine unerwartete Bedrohung, starrte er auf die bleckende Grimasse, nicht anders, als habe er in der Stille, die zwischen ihnen herrschte, ein Fauchen gehört – da hatte sich die Frau brüsk von ihm abgewandt. Wie eine Spiegelfechterei sah er die unversehrte Seite ihres Gesichtes: ein schönes, kraftvoll gezeichnetes Profil, das zu ihrer Größe und

stolzen Haltung paßte, in der sie ihn stehenließ und auf einen Mann in einem hellen Leinenanzug zuging, der einige Schritte weiter auf sie wartete. Es war der Nachbar aus Playa d'Or, sie wohl seine Frau, deren unverständliche Worte oder Laute er aus dem Inneren des Hauses gehört hatte. Nachträglich erschreckten sie ihn, weil sie aus diesem verzerrten Mund gekommen waren.
Beide beachteten ihn nicht und gingen nebeneinander weiter. Die Frau hatte wohl nur die Auslage eines Verkaufsstandes auf der anderen Seite der Marktgasse anschauen wollen und war dabei fast mit Böhring zusammengestoßen. Vermutlich, weil sie sich von ihm angestarrt fühlte, war sie mit einem ärgerlichen Ausdruck zu ihrem Mann zurückgegangen. Sie war wahrscheinlich empfindlich und reizbar. Die dunkle Sonnenbrille und das dunkle Kopftuch waren Schutzmaßnahmen gegen neugierige oder erschrockene Blicke. Andererseits mochte

sie den Moment, in dem sie beinahe zusammengestoßen waren, schon vergessen haben und sich nicht daran erinnern, wenn sie sich beiläufig kennenlernten, was ja wohl unvermeidlich war.
Böhring schaute dem Paar nach, wie es sich im Gedränge zwischen den Verkaufsständen entfernte. Kurz danach sah er von dort Ina und Julia kommen, die ihn offenbar suchten. Für ihn kamen sie in diesem Moment aus der Vergangenheit, wie eine Erinnerung an eine Geschichte, die er irgendwann gelesen hatte, und seltsamerweise sahen sie ihn nicht, bis sie dicht vor ihm standen.
»Ach, da bist du ja«, sagte Ina, »wir haben nur etwas Obst eingekauft, da warst du verschwunden.«
Also gut, wenn er einverstanden sei, dann wollten sie jetzt in der Altstadt etwas essen und anschließend noch zum Castillo de San Juan hochsteigen und einmal über die

Stadt blicken, bevor sie wieder nach Hause fuhren.

*

In den nächsten Tagen festigte sich ein neues Hoch über den Balearen und bescherte Ostspanien und Südfrankreich einen verspäteten Hochsommer. Sie gingen nun wieder jeden Vormittag zum Strand hinunter – Ina, um mehrmals zu schwimmen und zwischendurch im Schatten ihres Sonnenschirms zu lesen, während Julia, die inzwischen die Surfer kennengelernt hatte, ihre eigenen Wege ging. Böhring schwamm wie gewöhnlich einige Male in Strandnähe hin und her und kehrte wieder zum Haus zurück.

Aus irgendeinem Grund, der ihm selbst unklar war, hatte er bisher nichts von seiner seltsamen Begegnung auf dem Markt von Tortosa erzählt, und als Ina sich in den nächsten Tagen darüber wunderte, daß der Nachbar immer allein am Strand erschien, während man seine Frau nie zu sehen bekam, fand er es zu spät und beinahe wie ein nachgeholtes Geständnis, noch davon anzufangen. Aus demselben unklaren Grund wich er einmal dem Nachbarn aus, als er ihn von ferne die Bruchsteintreppe herunterkommen sah. Es war ihm eine unangenehme Vorstellung, dem Mann, der ihn sicher wiedererkannt hätte, auf der Treppe zu begegnen und sich mit ihm unterhalten zu müssen.

Im Weitergehen – er mußte nun im Umweg über den Parkplatz zum Haus zurückkehren – war ihm sein Ausweichen am Fuß der Treppe genauso merkwürdig und unangemessen erschienen wie seine Hemmung oder seine Unlust, Ina von seinem Zusammentreffen mit der Nachbarin zu erzählen. Es gab ja eigentlich nichts zu verbergen, nichts, was er sich vorzuwerfen hatte. Doch hatte beide Male, bevor er nachdenken konnte, ein rascher Impuls entschieden, niemanden an seinem Erlebnis zu beteiligen. Verstanden hatte er das nicht. Aber es hing zusammen mit seiner Erinnerung daran, daß er in dem Augenblick, als er im Menschengedränge des Marktes der Frau plötzlich gegenüberstand, mit ihr vollkommen allein gewesen war, wie in einem hellen Schlaglicht vor erloschenem Hintergrund. Sekundenlang verschmolzen Sehen und Gesehenwerden. Seine Gedanken stoben auseinander, und er hatte gefühlt, wie fern und wie nah sie war. Da hatte sie sich schon abgewandt und ihn wie betäubt zurückgelassen. Gleich danach war der Eindruck verwischt worden, weil Ina und Julia auf ihn zutraten und ihn sofort in ihr Gespräch zogen. An den vergangenen Augenblick hatte er erst wieder denken wollen, wenn er alleine war. Der Rest des Ausfluges und der Abend glitten als ein blasser Film an ihm vorbei.

*

Ohne Zweifel wäre auch der kurze schreckhafte Augenblick auf dem Markt von Tortosa schnell verblaßt, hätte er die Frau nicht dauernd in seiner Nähe gewußt und damit rechnen müssen, ihr wieder zu begegnen. Wenn er sich das vorstellte, weil er nebenan in der Veranda ihre Stimme oder ein Geräusch hörte, das er mit ihr in Verbindung brachte, traf ihn das wie ein dunkler Windstoß, und er ahnte darin ihre leibhaftige Anwesenheit.

Als er einmal mit umgehängtem Fotoapparat in seinem Vorgarten zwischen Steinen und Pflanzen nach dem Versteck der Gottesanbeterin suchte, die seit der Sturmnacht nicht mehr aufgetaucht war, hatte er plötzlich das Gefühl, er werde beobachtet. Es war eine eigenartige, fast körperhafte Empfindung, von einer fremden Aufmerksamkeit umgrenzt und festgehalten zu werden, während er scheinbar arglos und für sich einige Steine umwendete und Pflanzenbüschel auseinanderschob. Wenn ihn die Empfindung nicht

trog, mußte sie es sein, die ihn beobachtete, denn der Nachbar war vor kurzem zum Strand hinuntergegangen. Ja, sie ist es, dachte er. Sie erkennt mich jetzt wieder. Falls sie mich nicht schon früher hier gesehen hat. Vielleicht fragt sie sich, was ich hier suche.
Um sie nicht zu verscheuchen, machte er sich noch einen Augenblick zwischen den Gewächsen zu schaffen, bevor er wie zufällig, doch bereit zu grüßen, zu ihrer Veranda hinüberblickte. Er sah sie nicht. Die offenen Fensterbögen waren leer. Dann erkannte er, daß sie doch da war. Sie stand reglos in der Tiefe der Veranda. Ihr Gesicht, das zu sehen er gefürchtet und erhofft hatte, war verschattet, und er sah, bevor sie ins Haus verschwand, nicht mehr als den Umriß ihres Kopfes, umschlossen von löwenhaft dichten, dunklen Haaren.
Am Abend desselben Tages sah er sie noch einmal. Er saß mit Ina und Julia unter Bäu-

men und bunten Glühbirnengirlanden im Innenhof eines Restaurants in der Nähe der Strandpromenade von Cambrils, in das sie auf Julias Wunsch zum zweiten Mal gegangen waren, weil dort drei junge Männer spanische Gitarrenmusik spielten. Im Augenblick hatten sich die Musiker zu einer Pause ins Haupthaus zurückgezogen, als er durch den schmalen Seiteneingang den Nachbarn zusammen mit seiner Frau hereinkommen sah. Sie blieb am Rand des Hofes stehen, während er nach einem freien Tisch Ausschau hielt und einen vorbeikommenden Kellner ansprach. Der Kellner, der ein volles Tablett trug, verwies auf einen Tisch in der Nähe, an dem noch Plätze frei waren, und eilte weiter. Der Nachbar, offenbar unzufrieden, kehrte zögernd zu seiner Frau zurück und sprach mit ihr. Sie trug wieder das Kopftuch und, obwohl es dunkel war, die Sonnenbrille. Und während der Mann auf sie einsprach, vielleicht um sie zu überreden, doch einen

der angebotenen freien Plätze zu nehmen, rührte sie sich nicht. Schließlich schüttelte sie den Kopf und wandte sich zum Gehen. Ina und Julia hatten den Vorgang nicht beobachtet, weil sie sich unterhielten, und wieder spürte Böhring den Impuls, ihnen nicht zu erzählen, was er gerade gesehen hatte. Er sagte nur: »Eben sind unsere Nachbarn hereingekommen. Aber sie haben keinen passenden Platz gefunden und sind wieder gegangen.«
»Das sind merkwürdige Leute«, sagte Ina, »anscheinend sind sie menschenscheu. Hier an unserem Tisch wäre ja noch Platz gewesen.«
»Ich möchte aber nicht mit merkwürdigen Leuten am Tisch sitzen«, sagte Julia in dem spitzen und dezidierten Ton, den sie manchmal ihrer Mutter gegenüber anschlug, und Ina ging wie gewöhnlich darüber hinweg und fragte ihn, wie die Frau ausgesehen habe.

»Kann ich nicht sagen«, antwortete er. »Ich habe sie nur von ferne gesehen.«

*

Am nächsten Tag kam Ina auf das Thema zurück. Sie war am Strand mit dem Nachbarn, der offenbar begierig war, sich einmal auszusprechen, in ein längeres Gespräch geraten. Dabei hatte sie erfahren, daß er Chemiker war, seine Frau Schauspielerin. Vor einem halben Jahr hatte sie eine Ohrenoperation gehabt, bei der wichtige Nervenbahnen zerstört worden waren. Seitdem hatte sie eine halbseitige Gesichtslähmung, begleitet von Artikulationsschwierigkeiten und Sensibilitätsausfällen, und scheute sich, unter Menschen zu gehen. Sie, die gewohnt war, immer im Rampenlicht zu stehen, habe sich nun völlig in sich selbst verkrochen. Auch er könne sie manchmal nicht mehr erreichen. Das einzige, was sie ein wenig ablenke, seien Autofahrten oder Spaziergänge in einsamen Gegenden oder Aufenthalte an Orten, wo niemand sie kenne. In Restaurants und Cafés setze sie sich immer an abgelegene Tische mit dem Blick zur Wand. Am liebsten würde sie nur noch bei Dunkelheit unter Menschen gehen. Schlimm sei hier auch die Mückenplage, denn seine Frau bliebe abends meist lange im Dunkeln in der Veranda sitzen und merke nicht, wenn sie in die gelähmte Gesichtshälfte gestochen werde. Die Wange sei inzwischen dauernd geschwollen und fiebrig rot. Aber sie kümmere sich nicht darum, als sei ihr alles gleichgültig geworden. Ina hatte an dieser Stelle hinzugefügt, wahrscheinlich hasse sie ihr zerstörtes Gesicht und setze es bewußt weiterer Zerstörung aus. Der Nachbar hatte das bestätigt. Ja, sie sei dabei, sich selbst zu zerstören, und er wisse nicht, wie er es aufhalten solle. Die Artikulationsschwierigkeiten, hatte Ina gesagt und sich bei der Gelegenheit als Logopädin vorgestellt, ließen sich wahrscheinlich durch Übungen kompensieren. Ja, das denke er auch, hatte der Nachbar zugestimmt, aber seine Frau sei nicht darauf ansprechbar. Er kenne sie nun länger als zwanzig Jahre und stehe diesen Veränderungen ihres Wesens ratlos gegenüber. Eigentlich sei er ein optimistischer Mensch, habe er gesagt, doch manchmal sei er nahe daran, den Mut zu verlieren.

»Und ich«, so beendete Ina ihren Bericht, »wußte auch nicht, was ich ihm zum Trost sagen konnte.«

Zu seinem eigenen Befremden hatte Böhring Mühe, auf Inas lebhaften und ausführlichen Bericht über alles, was der Nachbar ihr anvertraute, angemessen und nicht bloß floskelhaft einzugehen. Das alles war nicht zu widerlegen. Aber noch während er sprach, hatte er begriffen, daß das überscharfe Bild, das sie vom Unglück der fremden Frau zeichnete, sich wie eine undurchdringliche Wand vor seine eigenen unbestimmten Gedanken schob, mit denen er die Frau seit Tagen umkreist hatte. Nichts war jetzt davon geblieben. Ihre erschreckende und geheimnisvolle Ausstrahlung, die verborgene Lockung, die Herausforderung, die noch in ihrer Abwehr lag, was war es anderes gewesen als ein Hirngespinst?

*

Ja, der Bericht hatte ihn zurechtgerückt und die normale Sicht der Dinge wiederhergestellt. Doch als habe er eine schwere, erschöpfende Anstrengung überstanden, hatte er sich den Rest des Tages lustlos und innerlich leer gefühlt und war am Abend früh schlafen gegangen. Als er wach wurde, gegen seinen Willen, denn er hatte sich auf dem Grund des Schlafes festgekrallt, war es stockdunkel. Ina lag neben ihm unter ihrem Laken, und er hörte ihre gleichmäßigen, entspannten Atemzüge. Er hatte sich sofort auf die andere Seite gedreht, um gleich wieder einzuschlafen, aber der Impuls, der ihn geweckt hatte, ließ das nicht zu und zwang ihn, sich, nun hellwach, wieder auf den Rücken zu legen und wehrlos den Gedanken zu denken, der sich als vage Angst in ihm ausgoß, während er in großer Klarheit vor ihm stand: Was geht es dich an, was sie denken, was geht es dich an?

*

Der zweite ihrer geplanten Ausflüge führte sie zu dem Kloster Poblet, zu dem die Grabkirche der Könige von Aragón gehörte. Doch der Ausflug begann mit einer Diskussion darüber, ob man nicht lieber nach Tarragona fahren solle, um ins archäologische Museum zu gehen und die Reste der römischen Stadt zu besichtigen. Es gab eigentlich keinen Grund, das eine dem anderen vorzuziehen, und so wäre es sinnvoll gewesen, beides miteinander zu verbinden, doch da sie zu spät aufbrachen, war nicht sicher, ob sie an einem Tag beides schaffen konnten, so daß es nötig wurde zu entscheiden, wohin sie zuerst fahren wollten. Nachdem er einige Sätze aus seinem blauen Spanienführer vorgelesen hatte, einigten sie sich schließlich auf Poblet, doch hing ihre Entscheidung vor allem damit zusammen, daß in Julias Augen ein archäologisches Museum noch langweiliger als ein Kloster war.

Böhring war erleichtert, als sie endlich im Auto saßen, nicht weil er sich darauf freute, das berühmte Kloster aus der Zeit der spanischen *renovatio* kennenzulernen, denn während ihrer Diskussion war ihm klar geworden, daß ihn weder die Wehranlage und die Sakralbauten von Poblet noch die römische Provinzarchitektur von Tarragona reizten, sondern beide Ausflugsziele nur Vorwände für ihn waren, um wegzukommen aus der Nähe der fremden Frau, die durch Inas Erzählung für seinen Verstand entzaubert war, aber sobald er allein im Haus blieb, einen die Wände durchdringenden Sog auf ihn ausübte, als richte ihre leibhaftige Anwesenheit eine Frage an ihn, die er beantworten mußte, eine lautlose und beständige Frage wie ein nie verstummendes inneres Flüstern, das er in sich vernahm, sobald er aufhörte, es mit irgendeiner Beschäftigung zu übertönen. »Willst du mich noch einmal sehen?« fragte sie. »Willst du es wagen? Kann ich hoffen, daß du furchtlos bist? Daß du niemandem außer dir selber glaubst? Also komm und zeig dich mir. Dann wirst du erfahren, wer du bist.« Er wußte, es waren Worte, Sätze, die er selbst formte. Doch sie schienen ihm von einem fremden Willen erfüllt, der es ihm nicht erlaubte, sie zu unterbrechen oder zum Schweigen zu bringen, und manchmal erschien dahinter, undeutlicher noch, als er sie in der Veranda gesehen hatte, das Emblem ihres Kopfes mit den dunklen löwenhaften Haaren und verstärkte sein Gefühl, es sei wirklich ihre Stimme, die nicht nachließ, ihm einzuprägen, er befände sich längst wie in einem Tunnel auf einem unumkehrbaren Weg, an dessen Ende sie auf ihn warte. Auch jetzt, während sie sich ihrem Ziel näherten, hatte er das wieder denken müssen und es mit einem Schulterzucken vertrieben, so daß Ina, die neben ihm saß, fragte, was er habe. »Was soll ich schon haben?« hatte er geantwortet. Mehr hatte er nicht sagen müssen, denn vor ihnen waren auf einer Bergkuppe, zwischen Weinhängen und Pinien, die mächtigen Wehranlagen aufgetaucht, die die Bauten des inneren Klosterbezirks umschlossen.

*

Sie kamen am späten Nachmittag zurück, waren aber zu Inas Bedauern nicht mehr nach Tarragona gefahren, weil sie nach der Besichtigung der Königspforte, der Grabkirche und des Kreuzgangs, immer zwischen Reisegruppen eingeklemmt, lange Zeit im Klosterrestaurant auf ihr Essen gewartet hatten. Auf der Weiterfahrt hatten sie auf seinen Wunsch in der kleinen Provinzstadt Reus Station gemacht, weil es hier einen barocken Neptunbrunnen gab, von dem angeblich der berühmte spanische Architekt Gaudi, der hier geboren war, frühe und entscheidende Anregungen zu seinen weltbekannten Bauten bekommen hatte. Eine Ansichtskarte des Brunnens schickte er an Fritz Kramer. Julia hatte inzwischen Schaufenster betrachtet und sich in ein Paar rote Sandaletten verguckt, die sie unbedingt kaufen wollte. Das Geschäft hatte aber eine besonders lange Mittagspause und öffnete erst wieder um 16 Uhr, so daß sie über eine Stunde warten mußten. Es stellte sich dann heraus, daß die Sandaletten nicht in ihrer Größe vorhanden waren, worauf sie noch andere Schuhgeschäfte anschauen wollte, aber Ina und er hatten Einspruch erhoben, und sie waren in gereizter Stimmung nach Hause gefahren. Julia hatte die roten Sandaletten unbedingt haben wollen, weil sie am Abend mit zwei jungen Männern von der Surfschule nach Miami Playa in die Disco fahren wollte und plötzlich fand, daß sie nichts Hübsches anzuziehen habe. Doch nach dem Abendessen verschwand sie mit ihren beiden Begleitern in heiterer, aufgekratzter Laune, als ob der Tag erst jetzt für sie beginne.

Ina und er gingen noch zum Strand hinunter, wo die Sonne schon untergegangen war, aber noch einige letzte rosa angeleuchtete Federwolken im dunkelnden Blau schwebten. Sie machten denselben Rundgang wie er am Abend vor der Sturmnacht, und als sie auf dem Rückweg waren, stand über der Bergkette der Sierra de Balaguer die weißliche Scheibe des Vollmonds, und von allen Seiten umgab sie das schrillende Lärmen der Zikaden. Sie hatten sich eine Weile über Julias Launen unterhalten, und er hatte gedacht, daß er sie besser verstand als Inas Ausgeglichenheit, die ihm oft das Gefühl gab, er sei von ihrem inneren Leben ausgeschlossen. Vor allem, wenn sie sich in Bücher versenkte, die er nicht gelesen hatte und auch nicht lesen würde, dachte er manchmal, sie sperre ihn aus ihrem Leben aus und es genüge ihr zu wissen, daß er da sei und am Rande ihres Lebens sein eigenes führe. Sie brauchte einen ruhigen, geordneten Raum um sich herum, und wenn sie von Unglücken und Konflikten erzählte, wie von der mißglückten Operation der Nachbarin, dann waren es Geschehnisse außerhalb dieses beruhigten, geordneten Raumes. Vielleicht verhielt sich das auch so mit den Büchern, die sie las. Auch sie handelten von Geschehnissen, die sich außerhalb des eigenen Schutzraumes abspielten. Aber wenn es so war, warum las sie mit solcher anhaltender Konzentration?

»Wovon handelt der Roman, den du liest?« fragte er.

Sie schien erstaunt über diese Frage zu sein.

»Die Recherche von Proust? Es ist ein Zeit- und Gesellschaftsbild. Und es handelt von der Bedeutung der Zeit für das menschliche Leben.«

»Und was bedeutet die Zeit?«

»Daß wir altern und sterben.«

»Ja, natürlich«, sagte er.

»Aber Marcel, die Hauptfigur, findet in einer Reihe unverhoffter Erinnerungen sein vergangenes Leben wieder und wird darüber zum Schriftsteller.«

»Hört sich interessant an«, sagte er.

»Ja, aber ich kann es dir nicht richtig erzählen. Es sind ja bloß meine eigenen Worte.«

Er nickte. Dann sagte er:

»Hast du gesehen: Die Könige des Hauses

Aragón liegen in ihren Sarkophagen alle mit den Füßen in Richtung des Altars, damit sie ihn als erstes erblicken, wenn die Auferstehung beginnt.«

»Natürlich habe ich es gesehen«, sagte sie. »Du hast uns doch selbst darauf hingewiesen.«

Ja, das hatte er getan. Und es war ihm auch beiläufig bewußt gewesen, daß er sich wiederholte und eigentlich auf etwas anderes hinauswollte. Er hatte eine Verbindung herstellen wollen zwischen dem Glauben der Könige an die Auferstehung und dem Thema des Romans. Aber es war ihm nicht gelungen, und vielleicht gehörte es auch gar nicht zusammen.

Nun schwiegen sie. So ging es manchmal mit ihren Gesprächen. Was er sagen wollte, nahm keine plausible Form an, oder es kam ihm banal und selbstverständlich vor. An den Sarkophagen der Könige hatte er gedacht, daß diese Menschen wirklich gelebt hatten, mit einem anderen Gefühl von Schwere und Festigkeit, obwohl sie umstellt von Zeremonien waren. Vielleicht war das kein Widerspruch, denn die Zeremonien bestätigten ihnen ihre Bedeutung und ihre Macht. Es war Brauch bei den Königen von Aragón, wenn sie mit ihrem Hofstaat das Kloster besuchten, an der Pforte des inneren Mauerrings, der Puerta Dorada, vom Pferd zu steigen, die vom Abt dargereichte Kreuzreliquie zu küssen und unter einem Baldachin in die Kirche zu schreiten. Dort lagen sie nun alle, abgebildet als steinerne gekrönte Figuren auf den Deckplatten ihrer monumentalen Sarkophage, neben sich die Sarkophage ihrer Frauen. Aus irgendeinem Grund hätte er gerne mit Ina darüber gesprochen. Aber es war nicht möglich gewesen.

Als sie sich dem Wohnpark näherten und an der Außenmauer entlang zur Einfahrt gingen, war es inzwischen dunkel, und das Mondlicht überzog die Büsche und Baumkronen mit einem blassen Glänzen und lag vor ihnen auf dem Weg wie ein dünner weißlicher Schaum. Die stille Ausbreitung des Lichtes schien immer mehr Zikaden in Erregung zu versetzen, lauter männliche Tiere, die mit ihren unermüdlichen Schwirrgeräuschen die Weibchen herbeiriefen, die jetzt überall, bereit zum Abflug, im Gras und in den Sträuchern saßen. Er hatte gelesen, daß es auch stumme männliche Zikaden gab, die in der Nähe eines Musikanten auf herbeifliegende Weibchen lauerten und sie überwältigten, während die andere Zikade mit ihren Schwirrgeräuschen fortfuhr, um die Schwirrgeräusche ringsum zu übertönen. Er wäre gerne stehengeblieben, um dem Lärm zu lauschen, aber sie waren umgeben von einer Wolke von Stechmücken, die an solchen windstillen Abenden in Riesenschwärmen aus dem Schilfgürtel aufstiegen. Sie beeilten sich, ins Haus zu kommen.

Im Nachbarbungalow brannte Licht. Der

Bungalow der jungen Frau war dunkel. Sie war gestern abgereist, nachdem ihr klar geworden war, daß sie vergeblich auf den Mann gewartet hatte, der der Vater des Kindes war. Sie hatte Ina ihre Geschichte in den letzten Tagen erzählt. Alle Leute sprachen mit ihr, nur er hatte diese seltsamen Schwierigkeiten. Es mußte wohl an ihm liegen. Oder auch daran, daß es keine Geschichte zu erzählen gab.

*

In der Nacht konnte er nicht einschlafen, obwohl er drei Gläser von dem schweren spanischen Rotwein getrunken hatte. Er hörte Julia heimkehren, die sich bemühte, leise zu sein, nur kurz ins Badezimmer ging und dann in ihrem Zimmer verschwand. Noch einige leise, undeutliche Geräusche hinter der Wand, dann war es still. Morgen würde man erfahren, wie ihr der Abend gefallen hatte. Über ihm in der dunklen, stickigen Luft war das Sirren einer Mücke zu hören, dann auch noch eine zweite, weiter weg in der Nähe der Tür. Die in seiner Nähe setzte sich, aber nicht auf seine Haut. Er bewegte sich ein wenig, weil er sich nicht sicher war, und da hörte er sie wieder. Oder es war die andere, die er vorhin an der Tür gehört hatte. Jetzt schwebte sie hinter seinem Kopf und verstummte nahe bei seinem Ohr, und aus der Tiefe des Zimmers schwebte aufreizend langsam eine andere heran. Er machte eine schnelle Handbewegung, um sie zu verscheuchen, und Ina drehte sich neben ihm zur Seite, schien aber gleich weiterzuschlafen. Er mußte sich wohl wie sie das Laken über den Kopf ziehen, auch wenn er fürchtete, nicht genug Luft zu bekommen. Nach einer Weile stand er auf, rieb sich im Badezimmer erneut mit dem Insektenschutzmittel ein, das einen leichten Petroleumgeruch verbreitete, und legte sich wieder hin. »Wie komme ich bloß durch die Nacht?« dachte er. »Was erwartet mich morgen? Was danach?« Es waren keine richtigen Fragen, die er sich stellte, keine, die er zu beantworten versuchte, nur Wortreihen, die sein Gehirn produzierte, um seiner Unruhe einen Ausdruck zu geben, undeutliche Unruhe im Sumpf seiner Müdigkeit. Jetzt waren es Bilder: König Pedro der Vierte als starre Liegefigur auf dem Sarkophagdeckel, mit der Faust den Schwertknauf umfassend. Die struppige einäugige Katze, die im Gartenrestaurant des Klosters unter dem Tisch an ihren Beinen entlanggestrichen war. Eine unsichtbare Hand schiebt die Bilder in den Projektor und nimmt sie wieder heraus, weil es die falschen sind. Jetzt sie. Oder nur die nie gesehene Geste, wie sie ihre dichten, sperrigen Haare nach hinten unter das Kopftuch stopft. Das Gesicht bleibt ausgespart, vergessenes Geheimnis unentschleiecrter Gedanken, Fläche, aus der es zu seinem Schrecken auftauchen kann. »Nein, ich möchte es nicht wollen«, dachte er und lauschte, wie in einem dichten, dunklen Tuch verfangen, diesen verdrehten Worten nach, die keinen Sinn ergaben oder ihn hinter sich verbargen. Möchte es nicht wollen. Ich. Nicht. Es kann aber wieder beginnen, wieder auftauchen. Plötzlich hervortretend aus diesem geschmeidigen Gleiten unsicherer Bedeutungen. In diesem weichen Tumult der Bilder, dem Laufen und Stürzen auf den Ausgang zu, wo er endlich wieder atmen will.

Wieder war er wach, im Inneren einer fremden Dunkelheit, die sich zögernd in den bekannten Raum verwandelte, sich einordnete in seine Richtungen: die nebeneinanderstehenden Doppelbetten, Fensterseite und Tür. Er hatte quälenden Durst, stand auf und tappte, ohne Licht zu machen, in die Küche, um ein Glas Mineralwasser zu trinken. Trotz der Veranda, die das Mondlicht abfing, fiel ein heller Lichtschein in den Wohnraum,

und er konnte auf dem Zifferblatt seiner Uhr lesen, daß es kurz nach drei war.
Er ließ seinen Blick durch den Raum wandern, über die herumstehenden Möbel und im Halbdunkel verstreuten Dinge hinweg – eine Kette aus schwarzen Holzperlen mit einer braunroten Lederquaste, die in Augenhöhe über zwei dünnen Nägeln an der Wand hing, eine orangene Keramikschale auf dem Beistelltisch, in der zwei Schlüssel lagen, eine Kalebasse aus Ton auf dem Sideboard auf einem runden Untersatz aus Bast, daneben ein leerer Kerzenhalter aus Messing und einige aufgestapelte Bücher, sein heller Sommerpullover, der mit herunterhängendem Ärmel in einem der beiden Korbsessel lag und die Lichtzunge des Mondes auf dem dunkelglänzenden Terrazzoboden – Beliebigkeiten, umgeben von Leere, formelhaft Gefesseltes und Verstummtes, das um ihn herum hing und stand, nachdem es an den Punkt seines endgültigen Stillstandes ge-

langt war. So sieht der Tod aus, dachte Böhring, eine sinnlose Hinterlassenschaft von Gerümpel, eingeschlossen in dunkle, schwer zu atmende Luft. Als müsse er diesem Anblick standhalten, rührte er sich eine Weile nicht vom Fleck.

*

Als er am Morgen wach wurde, war er allein im Haus, und auf dem Frühstückstisch lag ein Zettel mit Inas Schrift: »Wir sind zum Strand gegangen.« In Inas Sprache hieß das nicht, sie erwarte, daß er nachkomme, sondern es war nur die kurze Mitteilung, wo sie und Julia in den nächsten Stunden zu finden seien. Böhring schob den Zettel beiseite und beschloß im selben Augenblick, nach dem Frühstück ins Hinterland aufzubrechen und ein gutes Stück in Richtung Berge zu wandern. Das hatte er immer schon vorgehabt, war jedoch nie über die Bahnlinie hinausge-

drungen, als sei das eine Grenze, an der nicht nur der schmale touristische Küstenstreifen endete, sondern unvermittelt unzugängliches Gebiet begann. Auf seiner Autokarte hatte er gesehen, daß es dort bis zu der steil aus der Ebene aufragenden Bergkette der Sierra de Balaguer keine menschliche Ansiedlung und auch keine Straßen und eingezeichneten Wege gab.
Es war kurz nach zehn, als er aufbrach. Die Sonne stand schon hoch am Himmel, weißlich glänzend wie erhitztes, flüssiges Fett, und goß eine gleißende Lichtflut über die ausgedörrte Erde aus, die wie ein aufgeheizter Backofen ihre Wärme zurückstrahlte. Schon während er das von wildwachsenden Pinien, Ginster- und Maulbeerbüschen überwucherte Brachland zwischen Landstraße und Bahndamm durchquerte, brach Böhring der Schweiß aus, und er sagte sich, es wäre an diesem Tag vernünftiger gewesen, im Meer zu schwimmen und um die Mit-

tagszeit in den Schatten des Hauses zurückzukehren. Es war aber nur ein pflichtmäßiger Einwand, den er sich machte, denn nicht einen Augenblick dachte er daran umzukehren, auch nicht, als auf der anderen Seite des Bahndamms sich der Weg in einige schmale Trampelpfade auflöste, die sich in verschiedenen Richtungen in der von der Sonne verbrannten Landschaft verloren. Die Gluthitze und das blendende Licht hatten ihn sofort wieder eingehüllt, als er aus dem Schatten der Unterführung herausgetreten war. Dort war er einen Augenblick stehengeblieben und hatte in dem überhellen, in der Ferne dunstigen Licht die ganze Szenerie wie mit einem einzigen langen Blick erfaßt: die leicht ansteigende, von lichten und gelichteten Olivenhainen bedeckte Ebene, durchzogen von langen Bruchsteinmauern, die sie in einzelne Areale teilten, und dahinter, kalkig ausgebleicht wie altes, blank gescheuertes Gebein, die schroff aufragende Bergkette, deren Flanken und Hänge ein waldiges Schurzfell trugen, vom Licht zu einem stumpfen Grau entfärbt.

Ohne nachzudenken, als überließe er sich einer unsichtbaren Strömung, ging Böhring weiter und folgte einem schmalen, manchmal kaum erkennbaren Pfad über eine steinige, staubtrockene Fläche hinweg, die dünn von weißlichem Gras und verdorrten Disteln bewachsen war. Um sich herum hörte er die Zikaden. Einzelne Tiere, nicht ein so weiträumiges, vielstimmiges Lärmen wie in der Dunkelheit, eher so, als seien hier und da, verstreut in dem dürren Gras, die Schwingungen des Lichtes zu hören, das rasende Sirren der Strahlen, unter denen sich die Disteln und Grasbüschel in knisternden toten Stoff verwandelten. Obwohl es völlig windstill war, fühlte sich Böhring von einer lohenden Wärme umwogt, während er, mit geringer Hoffnung auf Schatten, durch den hellen Gipsbrand der sterbenden Grasfläche auf eine Bruchsteinmauer zuging, hinter der die alten Olivenpflanzungen begannen. Er entdeckte einen Durchschlupf durch die Mauer und befand sich im Licht- und Schattengesprenkel der schütteren kleinblättrigen Laubkronen offenbar sehr alter, knorriger Bäume. Einige schienen fast tot, weil nur noch wenige Äste grünes Laub trugen. Die abgestorbenen Äste und Zweige hielten zäh ihr ledriges braunes Laub fest oder waren dicht am Stamm abgesägt worden, was den übriggebliebenen Ästen der verstümmelten Krone die ausgreifenden Gebärden von Schmerz und stummer Wut gab. Hier und da hatte man auch die Wurzelstöcke abgestorbener Bäume ausgegraben, vermutlich weil das Holz zur Feuerung von Kaminen und Öfen beliebt war. Aber weder hatte man junge Bäume nachgepflanzt noch die aufgerissenen Wurzellöcher wieder zugeschüttet. Das Holz der toten Äste, zersägten Stämme und der zerhackten Wurzeln lag flüchtig zusammengetragen auf unordentlichen Stapeln, die anscheinend niemand abtransportierte. Sie waren überzogen von verstaubten Spinnennetzen und Flechten und mit vergreisten grauen Moosen bedeckt. Im modrigen Inneren der Stapel lebten vermutlich Asseln und Käfer, und vielleicht hatten auch mäusejagende Schlangen dort ihren Unterschlupf.

Böhring ging von Areal zu Areal durch die immer an gleicher Stelle befindlichen Durchlässe der Bruchsteinmauern, und je weiter er vordrang, umso mehr häuften sich die Anzeichen von Verlassenheit und Verfall. Streckenweise waren auch die Bruchsteinmauern schon vor längerer Zeit zusammengebrochen und lagen, von Gras und Disteln durchwuchert, als auseinandergerutschte Steinhalden seitlich des alten Mauerverlaufs. Große und kleine Geckos in der erdbraunen Farbe der in der Sonne wie glasiert wirkenden Steine huschten überall herum und verschwanden in Ritzen und Spalten, sobald er sich näherte. Kurz danach schoben sich wieder ihre flachen, breiten Köpfe aus dem Versteck hervor. Ihr Hals pulsierte, während die gespreizten gummiartigen Füße sich flach an den Stein preßten und die schwarzen Augen starr die Umgebung musterten. Wenn Böhring über eine Halde hinwegstieg, klirrten die ungleichen Steine unter seinen Füßen, und er mußte achtgeben, nicht auszurutschen, wenn sie sich verschoben.

Er war jetzt seit einer Stunde unterwegs, ohne daß die Berge im Hintergrund wesentlich nähergerückt schienen. Auch die Autobahn, die dort entlangführte, konnte er nicht hören, so daß er annahm, nach allen Seiten gleich weit von Menschen entfernt zu sein. Seit langem war er ohne Weg von Geviert zu Geviert im Schattengesprenkel der alten Bäume weitergegangen, meistens in ebenem Gelände oder eine Zeitlang sanft ansteigend und nun in eine flache Senke hinab, von der er sich angezogen fühlte und bis zu deren von niedrigem Buschwerk überwachsener Sohle er noch gehen wollte, bevor er umkehrte. Vielleicht, daß es dort eine Quelle gab. Unten traf er auf dichtes Rankengestrüpp, das er umgehen mußte. Einen Platz suchend, wo er einen Augenblick rasten konnte, wanderte er am Rand des Buschwerks entlang, entschlossen, auf der anderen Seite den Hang wieder hochzusteigen, als er schräg vor sich, aufgestützt auf die nächste Bruchsteinmauer und, wie er sofort verstand, in einer hilflosen Pose, die Frau des Nachbarn sah. Im Näherkommen erkannte er, daß sie ihr Gewicht auf einen Fuß und den aufgestützten Arm verlagert hatte, um den anderen Fuß nicht zu belasten. Sie hatte sich anscheinend an der Mauer entlanggetastet, war aber angesichts der Senke, die sie durchqueren mußte, nicht mehr weitergekommen und schaute ihm entgegen, wie er das letzte Stück des flachen Hanges hochstieg. Den Ausdruck ihres Gesichtes verstand er nicht. Er sah nur die zur Seite gezerrten Lippen, die wie in Wut die Zähne entblößten, und die gelähmte, von Insektenstichen geschwollene Wange, deren lebloses Gewicht das untere Lid des linken Auges herunterzog und das leere Weiß des Augapfels zeigte. Doch schien ihm in diesem Augenblick die Fähigkeit zu erschrecken und innerlich zurückzuweichen verlorengegangen zu sein, und was er wirklich wahrnahm, war die Hilflosigkeit, in der sie sich auf die Bruchsteinmauer stützte und ihn unverwandt anschaute, weil er für sie der unverhoffte Retter in einer bedrohlichen Lage war. Später dachte er: »Beide waren wir nicht einmal überrascht.« Als hätten sie beide den Zufall, der sie aufeinander zugeführt hatte, als etwas von langer Hand Vorbereitetes empfunden, fanden sie sich

gleich in der unerwarteten Situation zurecht.
»Was ist passiert?« fragte er, noch bevor er sie erreicht hatte.
Ohne die Mauer loszulassen, wies sie auf den Fuß des angewinkelten Beins, und ihre zur Hälfte gelähmten Lippen bewegten sich, um einige undeutliche Worte hervorzubringen, die sich gequollen und zerkaut anhörten, als habe sie einen Knebel im Mund: »Mein Fuß. Bin umgeknickt.«
»Lassen Sie mich sehen«, sagte er und kniete sich vor sie hin, um das Gelenk zu betasten. Es war dick geschwollen und fühlte sich heiß und schwammig an. Dabei dachte er: »Es gibt sie. Sie steht vor mir. Ich halte ihren Fuß. Sie überläßt ihn mir. Wir sind allein in dieser Einöde. Es ist wirklich. Und es ist einfach. Ich habe es nicht geträumt.«
Vorsichtig bewegte er den Fuß in verschiedene Richtungen, um zu prüfen, ob das Gelenk gebrochen war. Sie stöhnte leise, aber

der Fuß gab der behutsamen Führung seiner Hände nach. Sie schwankte, und um Halt zu finden, stützte sie sich einen Augenblick auf seinen Kopf.

»Entschuldigung«, sagte sie.

Ihren Fuß in beiden Händen haltend, schaute er zu ihr hoch und sah über sich, vor der gleißenden Helligkeit der Mittagssonne, ihren wild zerzausten Schopf aus schwarzen geringelten Haaren wie eine brodelnde Wolke, aus der ihn ein Gesicht ansah. Gerne hätte er sich einen Augenblick länger dem befremdlichen Eindruck ergeben, der wie ein Schatten über ihn gefallen war, doch er hatte schon ihren Fuß losgelassen und war dabei aufzustehen.

»Was tun wir?« fragte er. »Entweder ich gehe zurück und hole Hilfe – aber das kann lange dauern –, oder Sie stützen sich auf mich, und wir versuchen es zu zweit. Gebrochen ist der Fuß wohl nicht.«

Immer noch seitlich auf die Mauer gestützt,

schaute sie ihn an, als wolle sie ihn und sich selbst prüfen oder als warte sie ab, daß die Entscheidung sich von selbst aus ihren wechselseitigen Blicken ergeben würde. Schließlich sagte sie, stieß es in einzelnen Worten hervor: »Nicht fortgehen. Bitte. Versuchen.«

Nichts anderes hatte er sich gewünscht.

*

Da sie fast so groß war wie er, konnte sie ihren Arm um seinen Nacken legen, so daß er mit beiden Schultern einen Teil ihres Gewichtes trug, während sie langsam, doch eng verklammert wie ein schwerfälliges dreibeiniges Wesen in kurzen Schritten und Schwüngen vorwärtskamen. Sie stiegen in die Senke hinunter, wobei er immer zuerst mit vorgeschobenem Fuß seinen Stand sicherte, ehe sie, gestützt und gehalten von ihm, nachfolgte, nachrutschte, manchmal auch, indem sie stöhnend den geschwollenen Fuß zu Hilfe nahm. Auf der anderen Seite kamen sie nicht wieder hoch, so daß er vorschlug, sie auf seinem Rücken hochzutragen. Sie jedoch wollte, daß er sie auf den Boden hinunterließ, und kroch auf Händen und Knien den Abhang hinauf, wo sie erst einmal liegenblieb. Er beugte sich zu ihr herunter, um sie aufzuheben, sagte, sie solle sich mit beiden Armen an seinem Hals festhalten, während er ihren Rücken umfaßte und sich dann ruhig, mit all seiner Kraft aufzurichten versuchte. Es war, als zöge er einen schweren Fang aus dem Wasser, einen kostbaren lebendigen Fund, den er an sich preßte, damit er ihm nicht entglitt, und der sich schwer und weich an seinen Hals klammerte. Sie gingen weiter, über Steinsplitter und Steinhalden hinweg, in dem schütteren Schatten- und Lichtgesprenkel der alten Baumkronen, mit dem langsamen, humpelnden Gang des dreibeinigen Wesens, zu dem sie geworden waren, ein Wesen aus zwei aneinandergefesselten Körpern, die sich ständig berührten und gegenseitig zu erkennen gaben und die manchmal vor Erschöpfung stehenblieben und sich gegeneinanderlehnten, eingehüllt in Betäubung, und dunkel miteinander verschmolzen. Nach Augenblicken der Schwäche kamen sie wieder in Gang, beide längst schweißnaß, mit verschmierten Gesichtern, heftig angegriffen von Bremsen, die der warme Dunst ihrer Körper von weither angelockt hatte, fast unfähig, sich dagegen zu wehren, weil sie ihre Arme brauchten, um einander festzuhalten und zu stützen. Begleitet vom braunen Speckglanz einer anscheinend endlosen Bruchsteinmauer, schleppten sie sich von Geviert zu Geviert durch die Hitze und kreidige Helligkeit des Mittagslichtes, das sie wie eine riesige Glasglocke umschloß, aus der es keinen Ausgang gab. »Geht es noch?« fragte er und hörte ihre dunkle, rauhe Stimme, die nur mit einem kurzen zustimmenden Laut antwortete, so als wolle sie ihn schnell wissen lassen, daß er die wilde gemeinsame Anstrengung ihrer Körper nicht stören solle. Er hielt sie fester und spürte, daß sie dem Druck seiner Hände antwortete, und ein flackriger Mechanismus in seinem Kopf, auf den er keinen Einfluß hatte, begann ihr mühsames gemeinsames Vorwärtsschreiten in taumelnde Bilder von Umarmungen zu verwandeln, blasses und vages Echo des dichten Gedränges ihrer Körper, dessen wahrer Ausdruck ihre Stummheit war. Plötzlich stolperten sie beide, und sie schrie vor Schmerz, weil sie schwer mit dem verletzten Fuß aufgetreten war. Im Stürzen – aber es war wohl eher ein Zusammensinken, als bräche unter ihr der Boden ein – fing er sie mit beiden Armen auf und zog sie an sich. Sie hielt sich an seinen Schultern fest und barg ihr erhitztes Gesicht in seiner Halsbeuge. So standen sie reglos da, wartend, daß der Schmerz in ihrem geschwollenen Gelenk nachließ. Unter seinen Augen war das schwarze Gewölle ihrer Haare, und ohne daß sie sich rührte, drückte er seine Lippen hinein. Er spürte, wie sich ihre Hand bestätigend auf seinen Nacken legte, und auf einmal verflogen alle seine Gedanken, und etwas schloß sich um sie zusammen und grenzte sie beide in einsamer, selbstgenügsamer Schwere gegen die Welt ab. Er sagte nichts, überließ es ihr, ihm ein Zeichen zu geben, daß sie gewillt war weiterzugehen. Nicht einmal das, so merkte er später, war ihm bewußt geworden, denn nun gingen sie längst wieder, völlig in Anspruch genommen von der gemeinsamen Anstrengung, nicht aus dem Rhythmus zu geraten und zu stolpern, während das grelle Mittagslicht, das senkrecht auf sie einstürzte und die Schatten der Baumstämme und ihre eigenen Körperschatten zu kleinen Flecken zusammenschmolz, alles um sie herum in glasiger, staubiger Unschärfe verschwimmen ließ.

Sie waren gerade aus dem letzten Geviert der Olivenpflanzung heraus und gingen, umbrandet von dem Gezirp der Zikaden oder Grillen, über die hartgetrocknete Fläche mit dem weißlichen Gras und den verdorrten abgeblühten Disteln, als auf dem Bahndamm im Hintergrund fast lautlos und ohne Ankündigung der blaue Zug auftauchte und in Richtung Barcelona entschwand. Beide waren sie stehengeblieben und schauten dem Zug hinterher, als wäre ihnen etwas gezeigt worden, was sie bisher nicht gedacht hatten und nun gleich wieder vergessen mußten, denn sie waren fast beim Wohnpark angekommen, und dort, abgespeist mit Dankesworten ihres Mannes und überhäuft mit familiärer Anerkennung, mußte er sie für immer loslassen.

*

Mißmut und Unruhe wechselten einander ab in den folgenden Tagen. Sobald er sich von seinem Erlebnis abzuwenden versuchte, um wieder zu seinem gewohnten Urlaubsleben zurückzukehren, überkam ihn ein Gefühl von Lustlosigkeit und ließ ihn in ein leeres Dösen versinken, aus dem ihn manchmal Inas gereizte Stimme hochschreckte, die ihn schon zum zweiten Mal etwas fragte, das er wohl wie von ferne gehört, aber nicht verstanden und nicht auf sich bezogen hatte. »Entschuldige«, sagte er und beantwortete ihre Frage so flach und beiläufig, daß sich nichts Weiteres daraus ergab und er wieder den Halt verlor, den sie ihm geboten hatte. Sie saßen nebeneinander, jeder sich selbst überlassen. Sie las, und er verlor sich in sein unbestimmtes Träumen. Die Taubheit, die ihn einhüllte, war ein unbewegliches Nach-innen-gekehrt-Sein, wo nichts geschah, außer geschmeidigen, nichtssagenden Schattenspielen, Bilder, die gleich wieder zerfielen, ein Rumpeln leerer Worte. »Wenn dann, ich wollte, ich wäre, obwohl und bis wann und so weiter und dann kommt es darauf an –« leierte es in seinem Kopf, während er zum Horizont blickte oder auf den glitzernden Sand starrte, den er durch seine Finger rieseln ließ, bis unversehens, mit einem Gefühl von Beängstigung und leerer Erregtheit, das Motiv seiner inneren Unruhe wieder zutage trat: Er dachte an sie, die er zu lange im Arm gehalten hatte, um sie einfach wieder loszulassen und einem anderen Mann zu übergeben, mit dem sein Gefühl sie nicht verbinden konnte, nicht die Frau, zu der er, oder ein blindes, unbelehrbares Suchen und Flehen in ihm, beständig hindrängte. Er wehrte sich gegen dieses Verlangen, für das es in seinem Leben keinen Platz und keine Hoffnung gab, und versuchte, sich abzulenken. Versuchsweise nahm er einen der dicken Romanbände in die Hand, in denen Ina mit nie nachlassendem Interesse las, doch die Zeilen, die er eine Weile beharrlich mit seinen Augen verfolgte, lösten sich in einem Lichtnebel auf, in dem sie auf ihn wartete und sich zu zeigen begann. Er sah ihren Fuß, den er in beiden Händen hielt, ihr verschattetes Gesicht, das sich über ihn beugte, seine Lippen, die ihr warmes Haar schmeckten, ihre Hand umfaßte seinen Nacken, und ihr sanfter Druck ging in die wachsende Schwere ihrer aneinandergedrängten Körper über. Doch wenn er versuchte, die Szene weiterzutreiben, löste sich alles auf, und er versank erneut in seine gedankenflüchtige Abwesenheit.

*

Obwohl sie nur wenige Schritte voneinander entfernt waren – denn er wußte, sie lag nebenan in der Veranda und kühlte ihr Fußgelenk –, schien sich allmählich eine Mauer zwischen ihnen aufzubauen. Dauernd irritierte ihn die Freundlichkeit, mit der der Nachbar ihn jetzt schon von ferne grüßte und

ihm bei jeder Gelegenheit seinen Respekt und seinen Dank bezeugte, denn ohne daß er sich dagegen wehren konnte, fühlte er sich davon mehr und mehr aus den Resten seines Traums verdrängt, in dem er mit ihr allein war. Am meisten haßte er es, wenn der andere, der ihm wie eine Marionette liebenswürdiger Konventionalität erschien, im Namen seiner Frau sprach. Auch Ina setzte ihm zu, indem sie immer wieder sagte, es sei ungehörig, daß er sich so gleichgültig zeige. Er müsse in Hospitalet einen Blumenstrauß oder irgendein kleines Geschenk kaufen und der Nachbarin einen Besuch machen.
»Ich versteh' dich nicht«, sagte sie. »Das kann doch nicht so ein großer Angang für dich sein. Es sind doch wirklich nur ein paar Schritte.«
Ja, es waren nur wenige Schritte. Es verschlug ihm den Atem, wenn er daran dachte, wie nahe und wie unerreichbar sie war. Aber er wollte nicht in einer Rolle zu ihr gehen, die

andere für ihn bereithielten, sondern plötzlich und ohne Vorwand, so wie sie sich beim ersten und beim zweiten Mal begegnet waren, in diesen gedehnten Augenblicken eines tiefen Erschreckens. Was dann geschehen würde, wollte er nicht in Gedanken vorwegnehmen. Erst mußte er die auferlegte Prüfung bestehen, sie unverstört und unverwandt anzuschauen, an die das unausdenkliche Versprechen geknüpft war. Ja, das war es. So würde es sich erfüllen. Er dachte daran mit einer verschwiegenen Freude und glaubte zu spüren, daß auch sie ihn herbeirief mit ihrer ganzen Gedankenkraft. Er mußte nur noch auf den Augenblick warten, in dem alles wie von selbst geschah.

*

Ina und Julia fuhren am nächsten Morgen nach Hospitalet, um im Supermercado einzukaufen. Sie sagten es ihm beim Frühstück, und er hörte es mit einer ruhigen Sachlichkeit, die ihn wunderte. Es war, wie er dachte, nur der erste Teil der geisterhaften Vorbereitung, auf die er keinen Einfluß hatte und die er weder durch Ungeduld noch Geduld befördern konnte. Sie gingen, und er deckte den Frühstückstisch ab. Plötzlich fühlte er sich aufgestört, als hätte jemand »Paß doch auf!« gesagt, und sofort ging er in die Veranda, um nach draußen zu blicken. Erst sah er niemanden, und nur zufällig, kurz bevor er aus seinem Blickfeld verschwand, erkannte er hinten auf der Bruchsteintreppe den Nachbarn, der, beladen mit seinen Badesachen, zum Strand hinunterging. Auch jetzt erfaßte ihn keine Erregung, wie er es erwartet hatte. Eher war es eine schwindelerregende Leere in seinem Kopf, die es ihm schwermachte zu begreifen. »Warte«, sagte die Stimme, »laß noch etwas Zeit vergehen.« Während er in die Küche zurückging, um das Frühstücksgeschirr abzuwaschen und in den Schrank zu räumen, beschlich ihn die Furcht, er könne vergessen, was er vorhatte, wenn er nicht bald aus dieser Lähmung herausfand.

Schließlich ging er, undeutlich und unhörbar, wie man sich in einem Traum bewegt, in dem es keinen festen Boden und nur dunkel pulsende, unbestimmte Entfernungen gibt, die es nicht zulassen, jemals anzukommen, falls sie nicht plötzlich zusammenschrumpfen. Nur die Seiten hatten sich verkehrt, als er die sechs Stufen hochstieg, die ihn wie immer in die überdachte Terrasse führten, eine einfache Umkehrung, die alles veränderte.

Da war sie! Der Anblick, der sich ihm bot, bannte ihn auf der Schwelle fest. Sie war nackt und schlief halb sitzend, den Kopf gegen ein Kissen gelegt, in ihrem hochgeklappten Liegestuhl. Der bandagierte Fuß war hochgelagert, neben ihr auf dem Boden stand eine Schüssel mit Wasser, in dem einige fast geschmolzene Eiswürfel schwammen. So wie er sie sah, schien sie zugleich abwesend und anwesend zu sein, preisgegeben und zugleich machtvoll in der Entspannung ihrer ausgebreiteten, beinahe athletischen Glieder, deren selbstvergessene Kraft vom Dämmerlicht der Veranda gemildert und beruhigt wurde, obwohl sie nahe daran war zu erwachen.

Noch immer stand er festgewurzelt und nur zwei Schritte von ihr entfernt im Eingang der Veranda, während in ihm derselbe blinde Impuls, der ihn hierher gebracht hatte, unaufhörlich weiterdrängte, so daß er sich selbst wie einen vorauseilenden schattenhaften Bittsteller bei ihren Füßen oder neben ihrem Leib niederknien sah. Doch eine andere, gebieterische Kraft zwang ihn, den Kopf zu heben und ihr ins Gesicht zu blicken. Ja, sie war es, und sie schlief. Das Gesicht, umrahmt von den schwarzen geringelten Haaren, war mitsamt dem Mund ein wenig zur Seite gezogen, doch in seiner Erschlaffung weniger verzerrt, als er es in Erinnerung hatte. Nur das linke Auge klaffte auf und zeigte das feuchte, klebrige Weiß des im Schlaf nach hinten geklappten Augapfels, das ihn ohne eine Regung anstarrte und in unüberbrückbarem Abstand hielt. Das ist sie nicht, dachte er, nicht sie. Doch die starr aufgerissenen Augenlider zwangen ihn, die Antwort zu lesen, die ihm unerklärlich drohte: »Wenn du dort stehenbleibst, wirst du versteinern, wenn du näherkommst, wirst du zersprengt werden.« Leise und wie für immer besiegt, zog er sich zurück.

*

Zwei Tage später – sie saßen beim Frühstück – erschien der Nachbar in ihrer Veranda und sagte, daß er sich verabschieden wolle. Seine Frau sei wieder reisefähig und wolle zur weiteren Behandlung nach Hause.

»Ach, schade«, sagte Ina, »bitte nehmen Sie doch einen Augenblick Platz.« »Ich muß leider danken«, sagte der Nachbar. »Wir haben heute eine weite Strecke vor uns, und meine Frau wartet. Das Gepäck ist schon im Auto.«
Er sagte es, als wolle er etwas verbergen oder beiseite schieben, indem er eine falsche Erklärung für seine Ungeduld gab.
»Ja, natürlich«, sagte Ina, »wir wünschen eine gute Reise und Ihrer Frau gute Besserung.«
Wieder brachte der Nachbar seine geläufigen Dankesformeln und Komplimente hervor, und mit einer abschließenden Geste, die sie alle drei zusammenfaßte, zog er sich zurück. Kurz darauf hörten sie ihn draußen mit seiner Frau vorbeigehen, und Böhring, der nicht hinsah, wußte, wie sie sich von ihm wegführen ließ: humpelnd, von seinem Arm umfaßt und gehalten und schwer auf seine Schultern gestützt. Der Abstand wuchs. Und

die eigene Schwere, die ihn in den Sessel drückte. War das Frühstück zu Ende? Wollten sie noch sitzen bleiben?

»Ich glaube, du hast sie gekränkt«, sagte Ina, »sonst hätte sie sich wohl blicken lassen.«

»Merkwürdige Leute«, sagte Julia.

Bibliographie: Dieter Wellershoff

Gottfried Benn – Phänotyp dieser Stunde. 1958, 1986
Der Gleichgültige. Versuche über Hemingway, Camus, Benn und Beckett. 1963, 1975
Ein schöner Tag. Roman, 1966
Die Schattengrenze. Roman, 1969
Literatur und Veränderung. Essays, 1969
Das Schreien der Katze im Sack. Hörspiele, 1970
Einladung an alle. Roman, 1972
Literatur und Lustprinzip. Essays, 1973
Doppelt belichtetes Seestück und andere Texte. Erzählungen, Hörspiele, Gedichte, 1974
Die Auflösung des Kunstbegriffs. Essays, 1976

Die Schönheit der Schimpansen. Roman, 1977
Glücksucher. Vier Drehbücher und begleitende Texte, 1979
Die Wahrheit der Literatur. Sieben Gespräche, 1980
Das Verschwinden im Bild. Essays, 1980
Die Sirene. Novelle, 1980, 1992
Der Sieger nimmt alles. Roman, 1983
Die Arbeit des Lebens. Autobiographische Texte, 1985
Die Körper und die Träume. Erzählungen, 1986
Flüchtige Bekanntschaften. Drei Drehbücher und begleitende Texte, 1987
Wahrnehmung und Phantasie. Essays, 1988
Der Roman und die Erfahrbarkeit der Welt. 1988
Pan und die Engel, Ansichten von Köln. 1990
Blick auf einen fernen Berg. 1991
Das geordnete Chaos. Essays zur Literatur, 1992

Im Lande des Alligators. Floridanische Notizen. Ein Reisebericht, 1992
Zwischenreich. Gedichte, 1993
Tanz in Schwarz. Prosaminiaturen und eine Erzählung, 1993
Angesichts der Gegenwart. Texte zur Zeitgeschichte, 1993
Der Ernstfall. Innenansichten des Krieges. 1995
Inselleben. Zum Beispiel Juist, 1995

Ferner erschien:

Dieter Wellershoff – Studien zu seinem Werk.
Herausgegeben von Manfred Durzak, Hartmut Steinecke und Keith Bullivant. 1990